KB165996

한국삼행시동호회(한국행시문학)에서 활동하신 대한민국행시인 100인

北河 강경호
2005-2022

海松 강은화
2008-2022

經巖 고경수
2009-2022

萬唯 고영도
2011-2022

달뫼 고천운
2020-2022

春雨 곽옥성
2012-2022

飛來風 권영준
2011-2022

潭村 권창순
2009-2022

비단 김금복
2020-2022

自開 김기수
2012-2022

尙山 김기옥
2016-2022

玖本 김대근
2007-2022

君輝 김동성
2013-2022

流水 김두수
2013-2022

海德 김만복
2008-2022

盤谷 김문제
2020-2022

한국삼행시동호회(한국행시문학)에서 활동하신 대한민국행시인 100인

靑牛 김미옥
2009-2022

秀智 김민영
2016-2022

회정 김비주
2022-2022

桃園 김선균
2016-2022

初行 김선이
2021-2022

小亭 김선희
2015-2022

多率 김성웅
2007-2022

雲成 김영현
2010-2022

글샘 김일수
2005-2022

은혜 김정애
2009-2022

財德 김정한
2011-2022

幼正 김진회
2005-2022

靑野 김철성
2012-2022

불휘 김화순
2005-2022

奇岩 김효기
2021-2022

風雲 노영태
2010-2022

한국삼행시동호회(한국행시문학)에서 활동하신 대한민국행시인 100인

雅操 박상숙
2010-2022

白西 박상주
2014-2022

笑破 박선미
2011-2022

늘뫼 박영관
2011-2022

靑鳥 박은경
2021-2022

沃川 박은숙
2015-2022

千里馬 박정걸
2005-2022

日松 박준길
2021-2022

曉雪 반종숙
2019-2022

雲川 방진명
2011-2022

率明 배기우
2014-2022

雪川 백상봉
2011-2022

流水 백재성
2006-2022

秋客 변희창
2010-2022

眞農 서경봉
2007-2022

行友 서운례
2018-2022

한국삼행시동호회(한국행시문학)에서 활동하신 대한민국행시인 100인

柳泉 송채섭
2006-2022

有想 신오범
2013-2022

구슬 신옥선
2010-2022

眞率 신철진
2014-2022

梨花 심미향
2007-2022

製江 안상철
2016-2022

天地 안유섭
2008-2022

曙璘 오순영
2007-2022

智星 왕영선
2012-2022

白合 이경자
2013-2022

藝林 이경희
2019-2022

臨江 이광일
2016-2022

德香 이 규
2021-2022

달산 이길수
2007-2022

休息 이대규
2021-2022

睡蓮 이명례
2018-2022

한국삼행시동호회(한국행시문학)에서 활동하신 대한민국행시인 100인

虛空 이미경
2017-2022

幸運 이보희
2008-2022

一葉 이복남
2021-2022

知原 이복자
2011-2022

靑岩 이상옥
2013-2022

單行本 이수연
2018-2022

末人 이영경
2006-2022

松花 이옥련
2015-2022

月花 이월화
2012-2022

多石 이재현
2013-2022

잎새 이정희
2016-2022

石香 임만재
2010-2022

東灘 임성택
2008-2022

白火 장병찬
2010-2022

靈仁 장석자
2007-2022

東林 장영자
2009-2022

한국삼행시동호회(한국행시문학)에서 활동하신 대한민국행시인 100인

明珠 전병두
2021-2022

六峰 정동희
2002-2022

無有 정방현
2008-2022

韓國夢 정복원
2020-2022

頂鄕 정영임
2010-2015

草香 조숙희
2004-2022

草綠 조용희
2013-2022

墨石 조이안
2009-2022

공주 조호숙
2005-2022

實巖 최만조
2010-2022

浅姬 최명숙
2018-2022

한나 최민숙
2020-2022

綠香 최복순
2009-2022

松亭 최현중
2006-2022

비체 하옥자
2017-2022

無我 홍성준
2006-2022

한번 행시인은 영원한 행시인입니다

故 建日 김봉수
2006-2009

故 墟潭 도춘원
2012-2016

故 敬山 신종현
2011-2017

故 朗山 최기상
2009-2021

한국행시문학 학회기

학회기 및 태극기 / 정동희 회장 기증
(2012. 3. 30 용사의집 정모 행사장)

Daum 카페 한국행시문학
창립20주년 기념행시집

대한민국 행시인 100인展

대한민국행시인100인이펼치는
한번도보지못한책이나왔습니다
민조행시주먹행시가나다라행시
국제적인영어행시퍼즐행시까지
행시의종류는빠짐없이모두실린
시인중에최고시인들의백가쟁명
인정받은문인들의신나는경연장
백번을펼쳐도다시읽어보고싶은
인류역사상처음나온보기드문책
전부터기다렸던이색적인책등장

한국행시문학 행시마당 개척자100인공저

Daum 카페 한국행시문학 연혁
(2002. 10. 01 ~ 2022. 10. 01)

2002. 10	한국삼행시동호회 설립(카페지기 : 다음세대)
2007. 12	동인지 창간호 '한국삼행시동호회' 발간
2008. 01	다음으로부터 우수카페로 선정(현수막 수령)
2008. 02	한국행시문학회 발기총회(회장 : 정동희)
2010. 01	도서출판 한행문학 설립(대표 : 정동희) * 공익 목적
2010. 02	동인지 2집 '행시 속에 세상 있다' 발간
2010. 04	한국행시문학회 주관 신인행시문학상 시상 및 제1기 등단식(이후 매분기 1회, 최근 50기 등단)
2010. 05	계간 한행문학 창간 배포(매분기 발간, 현재 50호)
2010. 09	SBS 방송 예능국 PD 취재 및 예비 출연(목동방송국)
2011. 08	동인지 3집 '행시 속에 숨 쉬는 님' 발간
2012. 11	동인지 4집 '내 인생 행시에 담아' 발간
2012. 11	카페창립10주년 기념 '명예의 전당 헌정식'
2015. 12	카페 명칭 '한국행시문학'으로 변경(회원 투표)
2016. 11	제1회 전국행시백일장/시화전시회(관악산공원)
2017. 09	대한민국 주먹행시전/시화전시회(관악산공원) 이후 위 두 전시회는 4~5년 지속, 코로나로 중단
2018. 06	카페지기 양도(다음세대 정동희 ➜ 혜린 오순영)
2018. 09	관악마을방송 GMB 유투브 생방송 출연(정동희)
2019. 09	계간 한행문학 창간 10주년 기념 행시카렌다 제작
2019. 09	계간 한행문학 창간 10주년 기념 손목시계 100개 제작
2020. 04	용답역2번출구 앞 행시상설전시(코로나 대응)
2022. 04	짧은행시특별전/전시회(용답역 상설전시장)
2022. 09	창립 20주년 기념행시집 발간 [행시인 100인展]

행시마당을 열면서 Opening the acrostic yard

행시마당 열면서	**O**pening the acrostic yard here
시작한 주인공들	**P**ower starting the protagonists
마중물 퍼 올리며	**E**veryone pump up priming water
당당한 자신감에	**N**ice imposing confidence we've
을도 갑도 없었소	**I**t is no winners or losers exactly
	No tired and then we still steady
지칠 줄도 모르고	**G**oing to keep on the flash light
켜진 불 지키려고	
온몸으로 버텼소	**T**o held on by the whole body
	Heading a strong pioneer spirit
개척자 정신으로	**E**veryday write with rhyme well
척척 운 맞춰 쓰고	
자존심 지키면서	**Y**ou know we keeping the pride
의지와 끈기로써	**A**ctually it with will and tenacity
	Real burning a poetic sentiment
시심을 불태워온	**D**ay by day it is our lasting time
간단없는 시간들	

2022. 10. 1

한국삼행시동호회(=**한국행시문학**) 창립 20주년을 맞아
대한민국 행시마당을 개척한 주인공 - 정동희 외 회원 일동

창립20주년 기념행시집 차례

어魚

어영차 그물 올려라 쉰 목소리 들리고
시야가 환해지니 죽을 운명 느꼈는가
장외의 하늘 아래서 온 힘 다해 퍼덕인다

어시장 좁은 길에 널려있는 고무바다
시한부 삶을 살다 뼈와 살 나뉘는 곳
장사꾼 호객 소리에 깜짝깜짝 놀란다

어두움 밀려오고 칼침 소리 멎은 시간
시들고 숨 찬 영혼 먼 바다 꿈꾸지만
장바닥 널브러진 터, 귀와 눈을 닫는다

北河 강경호 / 카페 닉네임 : 제미니

인하대 고분자공학과 졸업 / 국립공업시험원 근무
벽송 클레이 대표
한행문학 신인행시문학상 / 시인 등단
전국 자연사랑 시화전 최우수상 수상(2014)
2017 대한민국 주먹행시전 최우수작가상 수상

공저 : 행시 속에 숨쉬는 힘(2011, 행시동인지 3호)
　　　내 인생 행시에 담아(2012, 행시동인지 4호)
　　　행시사랑 10인10색(2018, 행시집)

초끈 이론

가능과 불가능이 동시에 공존하고
나도는 소립자는 무수히 들끓지만
다행히 세상질서 평온히 유지되네
라스트 자부하던 상대성 원리조차
마법이 연상되는 양자론 펼쳐지자
바람에 흔들리는 신세가 되었다네

사멸과 재탄생이 불시에 이뤄지니
아연한 과학자들 연구를 거듭하고
자연히 불확정성 원리를 밝혀냈네

차후에 초끈이론 득세를 하더니만
카오스 헤매도는 이론들 통합하고
타오른 불길처럼 학계에 퍼져가네
파동과 흔들림이 세상을 평정하니
하나의 가설이나 놀라운 이론일세

초끈은 현대물리학의 양대 지주인 상대성원리와 양자역학을
통합시켜주는 존재로 아직 확증 되진 않았지만 수많은 과학자
들이 연구하고 있습니다. 크기는 10의 마이너스35승 미터 정
도로 작으며 굵기가 없는 끈 형태를 가지고 있어 초끈이라 합
니다. 이 초끈을 증명하려면 우리가 사는 삼차원 세계를 넘어
서는 다차원의 존재가 필요합니다. 그리고 상대성이론이나 양
자역학 공히 공간과 시간은 별도로 분리되지 않고 유기적으로
연관되어 있는 존재로 규정하고 있습니다.

그대와 나의 마음

그리워 그리워서 잠 못 드는 이 밤에
대신 할 누구 없는 상대를 생각하며
와인 빛 사랑 한 줌 별빛에 뿌립니다

나직이 뜬 그믐달 여명에 젖어들 때
의미를 알 수 없는 멍울은 커지지만

마음 밭 하나 가득 붉은 꽃 피워내어
음전한 그대 향해 꽃 향을 날립니다

부엉이

부스스 깨어나서 슬며시 귀 세운 채
엉성한 가지 사이 노란 눈 번득이네
이력 난 사냥꾼 앞에 벌레조차 숨죽인 밤

부산한 낮 숲 풍경 무심히 지나치고
엉겨 든 이슬 방울 후드득 터는 맹금猛禽
이우는 달빛 한 자락 등짐처럼 메고 있네

제천 블루베리 번개(2019. 6/충북 제천 현진농원)
김진환, **강경호**, 손님1, 이재현, 김봉균, 장기숙, 이미경, 김민영, 박일소
앞줄 - 조호숙, 이상옥, 오순영, 정동희, 신옥선, 박선미 시인, 손님2, 3

- 늘 그곳 -

제 자리에서
비 오나 바람 부나
꽃은 피었다

(2022/해송 강은화)

海松 강은화 / 카페 닉네임 : 마이해피

한행문학 신인행시문학상 / 시인 등단
네이버 - '재미있는 주먹행시' 밴드 공동리더
제4회 전국행시백일장 대상 수상(2019)

공저 : 행시 속에 세상 있다(행시동인지 2호)
　　　내 인생 행시에 담아(행시동인지 4호)

사랑의 세레나데

사랑하는 마음이 따스하게 전해지고
랑랑하게 부르는 노래 위에 춤을 춘다
의지하며 서로가 하나되는 행복함은

세상에서 무엇과 바꿀 수가 없으리라
레고처럼 하나씩 만들어갈 삶의 기쁨
나눔으로 전해져 또 하나의 열매 되고
데이트를 즐기며 이야기 꽃 피우겠지

- 마음의 힐링 -

> 꽃으로 전해
> 잔잔한 감동으로
> 치유 되기를

(海松 강은화)

주먹행시 특별전

은총

내 속에 무엇으로 채워가야 하는가?

영원을 사모하는 마음에 그분을 모시면
혼자 같지만 함께 하는 손길을 느낀다
의심하지 말고 믿음으로 행하는 말씀에

비처럼 내려 촉촉히 적셔주는 은총으로
타는듯한 목마름을 적셔주고 또 다시
민들레처럼 피고 지며 하늘을 바라보네

I.D No : HH2010-001

海松 姜 銀和

위 자는 대한민국 문단의 신대륙
한행문학 소속의 회원임을 확인함
2010. 4. 3

한국행시문학회장

韓國行
詩文學
會長印

갈매기의 꿈

갈매기 푸른 바다 위를 자유로이 날아올라
매일처럼 희망을 주고 받으며 속삭이고
기도하는 마음으로 더 멀리 더 높이 오르네
의심은 포기하게 만드니 긍정의 생각으로

꿈을 향해 전진하면 이루게 되리

衍

등단축하패

시인 강은화

등단의 영광위에 날개를 다셨도다
단아한 문장으로 신인상 받으시니
축하의 뜻을담아 이패를 드립니다
하루도 쉬지않고 이어온 행시사랑
패기로 승화시켜 큰사랑 이루소서

2010년 4월 3일

사단법인 한국행시문학회
도서출판 한행문학 발행인
六峰 정 동 희

韓國行
詩文學
會長印

등단시 드리는 축하패(재질 : 크리스탈)

- 주먹행시 -

삼삼한 표현
행복을 심어주는
시의 신세계

(2022/경암 고경수)

經巖 고경수 / 카페 닉네임 : 경암

국가공무원 정년 퇴직
정선문화원 향토사 연구위원
자유문예 신인문학상 / 시인 등단
한행문학 신인행시문학상 / 시인 등단
2018 대한민국 주먹행시전 금상 수상

공저 : 행시 속에 세상 있다(행시동인지 2호)
      내 인생 행시에 담아(행시동인지 4호)

장미꽃 한 송이

장미꽃 한 다발을 당신께 바칩니다
미안한 이 마음에 사랑을 함께 담아
꽃보다 아름다운 당신께 바칩니다

한마음 한 뜻으로 살아온 피앙세여
송구한 이 마음을 어떻게 다 하리까
이토록 사랑하니 평생이 행복해요

강원 평창 별밤 번개(2014. 5/정선 산나물 축제장에서)
왼쪽부터 - 덕암, 석산, 소파, 향기, 바우, 다음세대, 풍경,
하우, 청암, 담촌, 채향, **경암**, 백합, 샘골 시인님

나의 소망

가장 멋진 문학카페 여기서 찾았네
갸륵한 마음으로 문우애 다지면서
거룩한 뜻을 품고 명시를 남기려네

겨레말 곱게곱게 가꾸며 쓰는 기쁨
고맙게 댓글 달면 답글로 화답하고
교류하며 정 나누니 너무 행복하네

구독자 여러분이 고맙게 읽어주니
규범도 지키면서 멋진 삶 일구면서

그릇된 사고방식 모두다 내버리고
기쁨 주는 시인으로 평생 살려 하네

아침의 기도

아름답게 오늘도 살게 하여 주소서
침울한 마음일랑 생각 말게 하소서
의리와 사랑으로 함께 살게 하소서

기쁨과 즐거움을 나눠주게 하소서
도도한 마음 접고 겸손함만 주소서

발행일 2010년 5월 31일 통권 제1호 등록 관악바00017호 도서출판 한행문학

새로운 장르 / 국내 유일 행시문예지

韓行文學 2010 봄 창간호

한행문학 창간호를 빛낸 30인

 한행문학

9 772093 528000
ISSN 2093-5285

제1기 등단식
2010. 4. 3

창간호 발행
2010. 5. 31

심사위원 : 2명
장병현 임성택

제1기 등단자 : 28명
강은화 고경수 권창순
권철구 김만복 김미옥
김복년 김성웅 김일수
김화순 박인서 박진영
백효민 신승수 오순영
이길수 이복자 장광순
장석자 장영자 정방현
정진숙 조숙희 조호숙
최기상 최만조 최복순
홍성준

경암 고경수 027

동짓달

동짓달 긴긴 밤 베혀낸 사연
짓궂은 낭군님 그리는 마음
달 그림자 푸르름에 멍울지는 그리움

萬唯 고영도 / 카페 닉네임 : 노란마후라

국어국문학 전공 / 해동문학 시 부문 등단(2013)
한행문학 신인행시문학상 / 시인 등단
한국서화작가협회 초대작가 / 진묵서우회 회원
한국아파트관리조합 이사 / shalon 예술단 고문
2017 대한민국 주먹행시전 최우수상 수상

공저 : 통섭시대 순수작가 7인7색 "詩로 답하다" (2018)
공저 : 행시와 자유시와의 만남(2021, 행시집)

축하합니다!!

한국 유일
행시인의 요람
문학인의 정서 간직하고
학처럼 고고한 이상 펼친다

이 세상 높이 깃발 날리며
십 년을 두 번 지나 더욱 영원토록
년년세세 그 이름 빛나리!

고영도, 박정걸 시인 등단식
(2018. 3. 봄 정모/인사동 청수장)

옥잠화

옥이 구르듯
조용하고 차분한
정다운 음성

잠두에 새긴
귀인 상징 봉황이
나를 반기듯

화사함 숨겨
오히려 아름다운
옛 미인도여

제39회 예술대제전 금상 수상작
(2021. 9)

공부 해서 남 주나

십 년이면
강산이 변해요

년년 세세 스친
많은 찰나

공든 탑은
무너지지 않고요

부족한 인생
삶은 짧아지는데

만유 고영도님께서
(사)한국서화작가협회
초대작가로 등단
하셨습니다

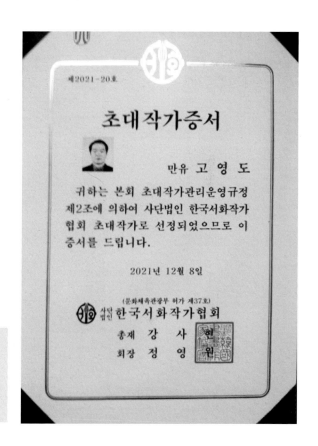

- 지긋지긋해 -

코로나 녀석
로타리 돌고 돌듯
나가질 않네

(달뫼 고천운)

고천운 시인 등단식
(2021 봄 정모/을지로 한행문학 사무실)

달뫼 고천운 / 카페 닉네임 : 달뫼

한행문학 신인행시문학상 / 시인 등단
2021 주먹행시 특별전 고운글상 수상

공저 : 行詩와 自由詩의 만남(2021, 행시집)

구름 위

제반 일과 제쳐 두고
구름 위로 올라 서니

주렁주렁 뭉실뭉실
솜사탕이 유혹하네

도도함도 부유함도
모두가 발 아래로

여기 저기 세상 풍물
도토리 키 재기라

행복한 우리 모녀
무엇이 부러우랴

길러 보니 잘 컸구나
따뜻한 정 가족이네

행시 마당

강 바람이 스쳐도
차지 않게 느껴 지고

산에 뭇 나무들이
물 오르는 소리 들려

에이는 바람조차
아쉬운 듯 신음소리

봄은 봄인데
몸이 갇혀 있어

이 나마 행시 타고
시공을 넘나드니

오는 마음 가는 마음
정 되고 사랑 되어

면식 없는 와중에도
우리 모두 한 마음

㋼마운 마음
㋄천히 불사르며
㋅치를 엮다

고천운 대표

지난 일들

소리 없이 찾아 든
역병의 두려움은

소중한 동료들과
만남조차 어렵구나

한두 마디 주고 받던
소소한 얘기들이

일상처럼 치러지던
야외 봉사 순간들이

상한 마음 달래 주며
주고 받던 이야기들

의로운 주의 말씀
회중에서 배우던 일

행복했던 그런 일들
기쁨인 줄 몰랐으니

복음 전파 시작할 때
얼싸안고 웃어 보세

- 봄 향기 -

풀풀 풍긴다
풀 향기 바람 타고
풀잎 사이로

(춘우 곽옥성)

- 코로나 -

> 기막힌 현실
> 가슴 답답하지만
> 차츰 적응돼

(春雨 곽옥성)

주먹행시 특별전

春雨 곽옥성 / 카페 닉네임 : 예슬이

한행문학 신인행시문학상 / 시인 등단
제1회 전국행시 백일장 고운글상 수상(2016)
2018 대한민국 주먹행시전 대상 수상

공저 : 내 인생 행시에 담아(행시동인지 4호)

추억

가버린 세월
나는 아주 그립다
다정한 너와
라면도 함께 먹고
마음 나누며
바닷가 걸으면서
사랑했는데
아직도 그리워서
자주 찾는 곳
차가운 바람 일고
카메라 너머
타버린 추억들이
파도를 타고
하얗게 부서진다

4월의 꽃 편지

사진 속 너의 얼굴 한없이 바라보다
월야에 벚꽃 길을 무작정 걸어 보니
의지한 지난날의 아름다운 추억이

꽃눈의 환영幻影 속에 더욱더 선연하고

편지를 건네주며 말없이 돌아서던
지극한 네가 그리워 꽃잎 편지 써본다

주먹행시특별전시회 출품(2020. 4/관악산공원 둘레길)

당신은 꽃 난 잎

당신은 나의
신이 준 선물이라
은은한 사랑

꽃처럼 피어나니

난 당신 위해

잎이 되어 푸르리

2019 겨울정모 및 이동만 시인 등단식(2019. 12/용답스테이지)
화살표1 **곽옥성** 시인, 화살표2 이동만 시인

- 철부지 꼬마 -

소 달구지 길
방방 뛰며 놀던 곳
차마 못 잊어

(비래풍 권영준)

飛來風 권영준 / 카페 닉네임 : 권영준

한행문학 동인
대한민국 주먹행시특별전 우수작품상 수상(2019)

어떤 사랑 세 편

너 향한 일심
하도 넘실거려서
나름 행복해

너 너무 짙어
하얗게 지샌 날들
나 잡아 봐라

너 참 얄궂어
하나만 허용해줘
나 지치거던

촛불망년회/2019.12.31~2020.1.1(관악산둘레길 행시전시장에서)
오른쪽 끝 - **권영준** 님

- 노인학교 발표회 -

현 줄 파르르
판 채 울린 옥가락
식장이 울컥

(비래풍 권영준)

- 매국의 단죄 -

변절자에게
곡소리 날 날 온다
점점 가까이

(비래풍 권영준)

- 하라는 일은 외면 -

강성 노총에
아부하는 잡놈들
지글지글해

(비래풍 권영준)

- 짝사랑 -

아른거리네
마음속 깊은 데서
도도한 여인

(비래풍 권영준)

- 광복에도 눈물이 -

공치사 마요
허연 여름 온 같소
함박눈 되어

(비래풍 권영준)

- 아련한 추억 -

소침한 들녘
풍차길 어깨 동무
길 떠난 발치

(비래풍 권영준)

- 붓글씨 연습 -

주린 시 고픔
먹물로 지혜 삼켜
시심 갈기네

(비래풍 권영준)

- 천진난만 -

소꿉친구와
풍덩풍덩 자맥질
길섶 풀 묶고

(비래풍 권영준)

파안대소

파란 하늘 흰 구름도
벗이로구나!

안빈낙도는
허세일지 모르나

대망의 기원이
서산에 기울 즈음

소리 없는 파안대소는
추억을 삼킨다

潭村 권창순 / 카페 닉네임 : 담촌

現. 평창한옥학교 설계과목 외래교수
現. HJ글로벌통일재단 古건축 상임고문
現. ㈜선원건설 한옥부문 기술고문
한행문학 신인행시문학상 / 시인 등단
제3회 전국행시백일장 대상 수상(2018)

저서 : 노을이 곱게 물드네(2018, 행시집)
공저 : 행시 속에 세상 있다(행시동인지 2호)
　　　행시 속데 숨쉬는 님(행시동인지 3호)
　　　내 인생 행시에 담아(행시동인지 4호)

노을이 곱게 물드네!

노을이
곱게 물드네!

을씨년스런 설산
저물어 가지만

이별의 시각
뉘라서 알리요

곱사등 같은
미련

게으른 회상
몰고 와도

물거품이려니
미련이려니 내려두니

드리운 노을
곱기만 하구나

네 겨운 욕심 내려두니
노을이 곱기만 하구나

노을이 곱게 물드네
출판기념회
(2018.6.23/용사의집)

아내의 고희연

아쉬운 석양이
곱게 물들지만

내일 또 태양이 뜨고
익은 행복도 뜰 것입니다

의중에 간직한 사연
더러는 아팠던 세월

고희의 주름 남기고 간
서글픈 여로 위로합니다

희망과 믿음으로 일군
오늘이 그래도 행복하기에

연리지 되어준 당신
고맙고 고맙습니다

송구영신

가없는
나날들
다시 돌아본다

라일락 피었던
마당 어귀
바람 끝에
사위어 가고

아련한
자국들
차츰 흩어지는데

카타르시스로
타이르듯 토닥인
파노라마
하염없이 바라본다

햇살 이리 고운데

햇볕이 따뜻하게 느껴지는 날
살가운 누군가와 함께 걸으면 좋은데

이만큼 멀리 온 세월을 되돌아보면
리콜되는 인생이 아닌 걸 알기에

고민도 털어버린다
운명은 내가 스스로 만드는 것
데미지 없이 살고 싶다

비단 김금복 / 카페 닉네임 : 비단

한행문학 동인
네이버 - '재미있는 주먹 행시' 밴드 공동리더
짧은행시특별전 고운글상 수상(2022)

삶

다 그런 거래
정을 나눈다는 건
한없는 행복
연극이 인생이고
인생도 연극

다음 세상에
정자세로 만나면
한 마디 하지
연탄 때던 시절엔
인생이 고뇌

다정한 음성
정신 줄 놓게 하니
한가한 날에
연락을 기다린다
인연이 너 뿐

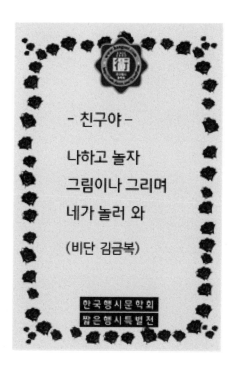

- 친구야 -

나하고 놀자
그림이나 그리며
네가 놀러 와

(비단 김금복)

한국행시문학회
짧은행시특별전

한때

활기 넘쳐서
쏘카 타고 나들이
기발한 경험

활어 매운탕
쏘주에 파전 하나
기왕 먹는 거

활나물 찾아
쏘다니던 젊은 날
기린 목 되어

활을 당겨서
쏘았더니 퍼펙트
기가 막히네

- 할매 기타 실력 -

수없이 웃다
은근 재미가 있어
등가죽 땡겨

(비단 김금복)

- 꽃잔치 -

금가루 뿌린
작은 꽃들이 그득
화려한 유혹

(비단 김금복)

- 나는 농부 -

산속의 한낮
나는 새의 자유와
물소리도 벗

(비단 김금복)

- 삶 속에 -

오색의 꿈들
늘 이루어지기를
은근히 바래

(비단 김금복)

꺾여도 묶어가자[가로세로형 퍼즐행시]

절반 꺾인 이십이 년
반짝여 간 별이 연속
꺾여져도 다시 결심
인간도 꿈 끝에 묶어
이별 다 끝이 나고서
십이시에 나와 글피
이 연결 묶고 글 적어
년속 심어서 피어나

절반 꺾인 이십이 년
반짝여간 십 년 연속
꺾여봐도 이 연꽃 심
인간도 꽃 년속 심고
이십이 년 꽃 피고서
십 년 연속 피어난 글
이 연꽃 심고 난 슬퍼
년속 심고 서글퍼 운

自閒 김기수 / 카페 닉네임 : 자한

現. 홍익대학교 교수
서울대학교 졸업 / 한국복합재료학회장 역임
한행문학 신인행시문학상 / 시인 등단
네이버 – '재미있는 주먹행시' 밴드 공동리더
제3회 전국행시백일장 최우수작가상 수상(2018)

저서 : 빛으로 시를 디자인 하다(2019, 행시집)
공저 : 행시사랑 10인10색(2018, 행시집)
       통섭시대(2021, 행시집)

너를 만나 너무 행복해[가로세로형 퍼즐행시]

행복이 가득해 너
복이 상시 물가에
이상한 꿈의 혹예
가시 꿈답게 예쁜
득물의 게임 뜨고
해가 혹예 뜨거운
너의 예쁜 고운 맘

행복이 가득해 너
복스런 득템 같애
이런 너 맞은 이 情
가득 맞아 별빛이
득템은 별빛나 넘(너무)
해 같이 빛나, 운치
너, 애정이 넘치는

춤추는 장미꽃[가로세로형 퍼즐행시]

꽃 한 송이 피어나
한 송이 꽃 어여쁜
송이 송이 예쁜 꽃
이 꽃이 예쁜 점은
피어 예쁜 춤 추어
어여쁜 춤 추라지
나쁜 꽃은 어지러

꽃 한 송이 피어나
한 송이 꽃 어여쁜
송이 보아 이쁜 꽃
이 꽃 아침 마장에
피어 이 마음 미어(져)
어여쁜 장미 맞지
나쁜 꽃은 어지러

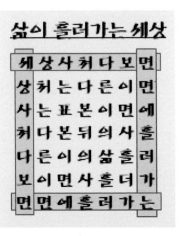

멋진 사랑은 너야[가로세로형 퍼즐행시]

웃어서 좋아진 멋
어디 둘은 무리진
서둘러 무리하사
좋은 무대 해 나랑
아무리 해도 맑은
진리 하나 맑다 너
멋진 사랑은 너야

참 숨기 좋아진 멋
숨가쁨 고이 정진
기쁨도 긴 네 천사
좋고 긴 부모사랑
아이, 네 모습 같은
진정 천사 같은 너
멋진 사랑은 너야

김기수 시인 행시집 '빛으로 시를 디자인하다' 출판기념회
(2019. 9. 28. 인사동 대청마루)

설중매

설한풍 위로하려 동무로 피었는가
중후한 기품에다 정감이 돋보이니
매화의 높은 향기에 눈꽃송이 더 곱네

尙山 김기옥 / 카페 닉네임 : 나니미

금오산 한글백일장 시부문 장원(매일신문 주최)
상주 숲문학 동인
한행문학 신인행시문학상 / 시인 등단
짧은행시특별전 최우수상 수상(2022)

공저 : 행시 속에 숨쉬는 님(행시동인지 3호)
　　　 내 인생 행시에 담아(행시동인지 4호)
　　　 자연사랑 시화전 기념시집(행시 계재)

연리지

두 그루 마주보면 서로가 의지되어
뿌리는 다르지만 얽혀서 살고지고
리본 끈 묶지 않아도 한 몸으로 정겹네

김기옥 시인 2022 짧은행시특별전 최우수상 수상
(2022. 4. 안국동 전주밥상)

춘분

낮이면 세시(歲時) 따라 논 갈고 갈무리 해
과실수 가지 치고 씨 뿌릴 농사 준비
밤낮이 따로 없으니 천하 대본 농사 일

2022 짧은행시특별전 전시회
(2022. 4. 16~연중 계속 / 용답역 상설전시장)

- 이제 꽃길로 -

팬데믹 극복
지난 어려움 끝나
꽃피는 앞날

(상산 김기옥)

- 봄날 풍경 -

향내가 폴 폴
기분 좋은 꽃밭에
나비와 꿀벌

(상산 김기옥)

- 작은 텃밭에 -

시드는 초목
원하던 단비 약비
해갈 충분해

(상산 김기옥)

- 장미 -

연둣빛 잎에
분위기 어울려서
홍조를 띠네

(상산 김기옥)

감나무

감 한 접 사이하고 깎아 널던 가을날
나란히 낡아감에 내외가 마주 보고 웃었다
무심한 세월은 가고 남은 껍데기만 한 무더기

玖本 김대근 / 카페 닉네임 : 김대근

평택대학교 대학원 졸업(상담학 석사) / 취미 : 목각 공예
월간 수필 수필부문 등단 / 계간 문학미디어 시부문 등단(2007)
제3회 전국시사랑사람들 문학제 대상 수상(2007)
한국문인협회 회원 / 한국불교문인협회 이사
한행문학 동인 / 짧은행시특별전 고운글상 수상(2022)

저서 : 내 마음의 빨간 불(2002, 시집) 외 다수

방명록

방문을 나서면 낙엽 버석대 가을도 가는데
명자나무 혼자 남아 지키던 여름 한 조각
록색 잎 그 사이마다 빨간 아쉬움만 익어간다

숭례문

고고히 지켜왔던 600년 험한 세월
향초香草처럼 한 줌 재 남겨두고 사라졌네
길손이 되어 떠난 그 자리, 타는 가슴들

접시꽃

접질린 마음 쨍하니 금 간 틈마다
시눗대 흔들리는 몸서리로 채워지다
꽃마다 새기는 얼굴 바람 따라 한 잎 두 잎

메밀꽃[그녀]

메마른 마음에 물씨 몇 알 떨구어
밀물처럼 밀어서 남겨놓은 그리움
꽃같이 환한 얼굴만 하늘에 가득

소박이[채석강에 서다]

소금끼 따라 서해 바닷길 더듬어 닿은 곳
박무薄霧 속에 수묵으로 그려지는 풍경 하나
이태백 풍류길 끝은 여기로 이어지다

소소한 파랑이 수억 년 깎아 놓아
박리剝離 중인 푸른 지구 속 껍질 몇 겹
이리도 장엄한 자연, 거품 하나 터지는 오늘

소라고동 머금은 파도소리에 스며져
박람博覽하려 돌 책 앞에 우두커니 섰다가
이제도 가늠 안 되는 자연의 지혜

sketch by Kim dae-geun

김대근 063

불참의 아쉬움

동해라 관동팔경 망망한 곳 하늘과 땅이 하나여라
해신당 애랑덕배 애타는 맘 한삼동 번개 뻔뜩였네
번개탕 펄펄끓는 불타는 밤 동해여 나랑 엉켜보자
개여울 반딧불이 너와나 둘 머나먼 여정 불밝힌다

君輝 김동성 / 카페 닉네임 : 오디세우스

NFT BGM 대표 / 국제시장에 상장
한행문학 동인
중국 한시를 한글 행시로 습작

3인방 춘천 송어회 나들이

春雪之中 滿開紅梅 草香氣槪 六峯紅心
川淡樂山 湖畔春川 佳景都市 三人同行
松魚料理 一品味覺 行詩白眉 如同香味
魚味花麗 今日和暢 如六峯也 草香君輝
膾味爛嚼 酒也乾杯 同夢一行 與爾同銷
墨紙筆硯 負戴行林 人生得意 恣態高祥
高槀行詩 韓行文學 坊坊曲曲 名聞天下
烏飛馬走 天高地廣 吟觴逸興 紅塵外也
茶飮神仙 何處遊戱 同座萬盃 皆也神仙

作,,君輝(오디세우스)

춘설지중 만개홍매 초향기개 육봉홍심
천담요산 호반춘천 가경도시 삼인동행
송어요리 일품미각 행시백미 여동향미
어미화려 금일화창 여육봉야 초향군휘
회미난작 주야건배 동몽일행 여이동소
묵지필연 부대행림 인생득의 자태고상
고품행시 한행문학 방방곡곡 명문천하
오비마주 천고지광 음상일흥 홍진외야
다음신선 하처유희 동좌만배 개야신선

봄눈 속 활짝 핀 홍매화
초향 기개 육봉 홍심이라

물 맑고 산 좋은 호반춘천
아름다운 도시 셋이 동행

송어요리 일품 미각은
백미 행시와 같은 향과 맛

맛 있는 회 화려한 꽃 화창
육봉 초향 군휘와 같도다

회는 맛 내고 술은 건배
같은 꿈 품은 우리 합쳤네

문방사우 메고 수풀 속으로
인생 뜻 얻은 그 자태 고상

품격있는 행시 한행문학은
방방곡곡 천하에 명성

새 날고 말 달리니 하늘 높고
시 읊는 흥에 속세가 아니네

차 마시는 신선 어디 계신가
더불어 만 배 즐기면 다 신선

한국행시문학회

한 뜸 한 뜸 색동옷 깁는 엄마처럼
행시 한 행 한 행으로 문학을 깁는다
문학이 살아 벌떡거리는 학문이듯
학문은 더 말 해 무엇 하리
회오리바람 맴돌아 세상을 날리니
장대한 문학줄기 틀어쥐고 말아 쥐어
정중하고 올 곧은 맘 학계에 도전장
동행에 동행으로 꼬리 무는 회원님들
희망호에 돛 달고 항해하는 선장 육봉

메리 크리스마스

메리 크리스마스 ~~
리듬에 맞춰

크리스 마스를 즐기는
리틀 아동들
스치는 겨울 칼바람도
마음에 녹고
스산한 마을이 따뜻해진다

거리 두기

거   거의다핀
벗꽃인데
찬봄비가
시샘하네

리   리듬타고
산들산들
봄기운을
어찌하리

두   두어밤을
더지나면
온천하가
벗꽃물결

기   기대가득
봄날처럼
얼굴마다
환희미소

流水 김두수 / 카페 닉네임 : 독도사랑, 보주산지기

일본 동경 거주 / 법인체 대표이사
한행문학 신인행시문학상 / 시인 등단
2019 대한민국 주먹행시전 최우수작가상 수상

고운 카페 한행문학

고ㅁ 국땅 떠나보니 맘둘곳 따로없어

운ㅁ 좋게 한행문학 만나서 다행이네

인ㅁ 연은 필연이라 전생연 이어지고

연ㅁ 이은 정모에는 참석치 못하였네

고운 인연 다음세대

가당치도 않겠지만
나름대로 써봅니다
다음세대 글을보며
라운드를 거듭함에
마라톤을 하는심정
바라기로 남으리라
사랑하는 님들보다
아직갈길 멀고멀어
자리잡고 운맞추고
차례배열 하다보면
카테고리 이어지고
타당한가 다시살펴
파김치가 다되어서
하나겨우 완성해요

정동원[11형 퍼즐행시]

천진한 그 모습은 팬들의 행복 밑천

사랑을 듬뿍 받고 삶의 향 빛을 반사

웃으면 팬들 마음 행복이 기웃기웃

음악도 흥겨워라 모두가 기쁜 마음

♡ 流水 김두수 님의 성원에 깊이 감사 드립니다 / 편집자 註

월요병

월척 낚은 주말낚시 흥겨움에 밤을 잊고
요리조리 골목 돌아 용하게도 집 찾았네
병 안나서 다행이나 눈꺼풀이 한 짐이네

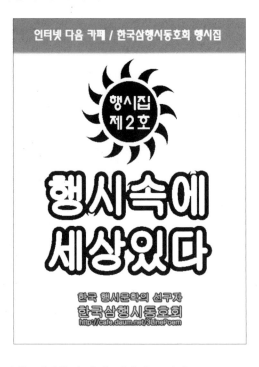

海德 김만복 / 카페 닉네임 : 왕별

한행문학 신인행시문학상 / 시인 등단
주먹행시특별전 고운글상 수상(2021)

공저 : 행시 속에 세상 있다 (행시동인지 2호)
　　　행시 속에 숨쉬는 님 (행시동인지 3호)

어쩌다 마주친 그대

어스름 저녁나절 휭하니 나서 본다
쩌렁한 목소리가 어쩐지 귀에 익다
다지고 또 다져온 반가운 동네친구

마음이 뻥 뚫리니 당연히 주점일세
주머니 사정이야 주모도 알아 주니
친구와 흥겨웁게 세상사 안주 삼아

그늘진 마음 속을 하얗게 비워보세
대장부 우정 속에 호탕한 웃음소리

입춘대길

입심도 일취월장
춘풍에 언 몸 녹고
대문엔 입춘대길
길하리 금년 운세

설날 아침에

행시 한 수 기쁨 가득
운율마다 정감 가득
가슴마다 정겨움이
득실보다 우정 먼저

염화시중

염장한 깻잎 찬이 짠맛이 소태로다
화들짝 뱉어내니 후회가 막급이라
시식을 잘게 할 걸 우둔함 탓하노니
중생의 어리석음 언제나 벗어날꼬

* 拈華示衆(염화시중) :
  언어 등의 표현을 통하지 않고도 마음이 통하다

다음세대, 스마일, 향기, 은하수, 혜린. 앞줄 - 솔내음, 공주, 예감, **왕별님**
(2008. 5/선유도 번개)

독도

민족의 지킴이로
동해에 우뚝 솟아

감추고 외면하는
열도를 응시하며

한반도 감싸 안고
든든히 지켜주네

그림자 하나부터
바람 한 조각까지

곳곳이 비경이라
감탄이 절로 나와

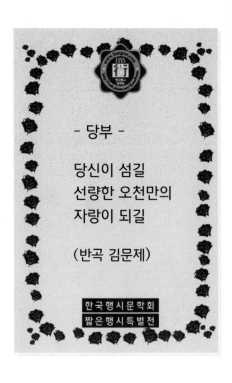

- 당부 -

당신이 섬길
선량한 오천만의
자랑이 되길

(반곡 김문제)

한국행시문학회
짧은행시특별전

盤谷 김문제 / 카페 닉네임 : 반곡

한행문학 신인행시문학상 / 시인 등단
취미 : 테니스
짧은행시특별전 고운글상 수상(2022)

애간장 타들어 가[X형 가나다라 퍼즐]

가	을	의	문	턱	에	뜬	금	없	는	날	벼	락	인	가
너	나	없	이	애	간	장	타	들	어	가	한	숨	나	고
모	두	다	함	께	사	는	세	상	최	선	을	다	하	자
위	기	때	라	더	빛	나	는	우	리	나	라	국	민	성
생	애	처	음	마	주	친	아	이	들	마	음	더	애	틋
순	간	모	든	걸	바	꿔	놓	고	바	싹	쓸	어	간	듯
환	장	하	는	인	재	사	고	사	대	문	안	난	장	판
낙	타	등	같	은	우	리	삶	인	생	파	도	를	타	자
다	들	힘	들	때	살	아	안	아	주	고	편	도	들	어
넘	어	졌	던	그	자	리	에	서	자	신	이	일	어	나
가	개	호	호	차	례	대	로	방	문	차	선	책	가	꿔
모	두	들	카	더	라	듣	지	마	유	레	카	외	치	길
정	부	타	개	책	땜	질	식	에	분	노	만	타	올	라
정	파	싸	움	애	간	장	타	들	어	가	민	생	파	탄
하	루	가	힘	든	서	민	그	저	헛	움	음	만	하	하

들국화

들깻잎 한 장에다 삼겹살 올려놓고
국화주 찰랑찰랑 한 입에 비워보니
화장발 주모의 얼굴 양귀비 따로 없네

- 선조들의 혼 -

꽃보다 예술
살아 숨쉬는 생화
문 아닌 작품

(반곡 김문제)

- 간만에 -

소중한 벗과
주거니 받거니 해
병이 줄 선다

(반곡 김문제)

- 봄 끝에 오는 봄 -

팬데믹 끝나
지금 자영업 성황
꽃길이 보여

(반곡 김문제)

- 홍시 -

까마득하게
치솟은 감나무 끝
밥 한 덩어리

(반곡 김문제)

한글[가나다라 14행시]

가장 아름답고 과학적인 글

나뭇잎

다년생

라인

마음대로 쓰고 무엇이든 표현도 가능해

바람처럼 빠르게 눈 깜짝할

사이에

아이도

자세히 익힐 수 있는 우리글

차이나

카나다

타국의 말과 글도 쓸 수 있고

파란 눈 이방인들도 당연히

하루면 배울 수 있는 글이지

행시 나들이

행시집 처녀 출간
천리길 벼랑 끝서

시심은 묵향 맡고
시어로 거듭나니

나그네 세월 동안
나 홀로 앉은 듯한

들꽃의 질경이 삶
닮아진 에움길에

이 작은 영혼의 독백
함께 나누리라

靑牛 김미옥 / 카페 닉네임 : 청우

前. 공인중개사 / 헤어드레서
한행문학 신인행시문학상 / 시인 등단

저서 : 청우의 행시나들이(행시집, 2011)
공저 : 행시 속에 세상 있다(행시동인지 2호)
　　　행시 속에 숨쉬는 님(행시동인지 3호)

너만 보여

너 하나
내 마음에
담았을 뿐인데도

만국기
휘날리는
축제의 기분이야

보고파
달려가면
심장이 쿵쾅거려

여드름
사춘기도 아닌데
왜 이러지

행시는 자궁이다

행시의 묘한 매력
빠져든 사랑이라

시와는 닮았지만
시조와 일맥상통

는적댄 마음 모아
행시로 부활한다

자궁 안 젖줄 빨듯
감성을 끌어내어

궁궐의 기와 쌓듯
이어져 가다 보니

이제는 뼈대 갖춘
대궐의 동궁이라

다음 생 시조와 시
넘어선 행시 세상

감지덕지

감 몇 알 남겨 놓는 마음
여유롭다

지구 위
어느 누구의 마음 닮았으리

덕스러운 마음 여유로운 인정
포근히 가을 산을 덮다

지상낙원 여기 아닌가
자연과 더불어 사는 세상
그 안에 우주가 있다

청우의 행시나들이 출판기념회(2011. 5 / 영등포 갯벌낙지)
뒷줄 - 신종현 방진명 박상숙 **김미옥** 정동희 김병문 변희창
앞줄 앉은 사람 - 최만조 김화순 이희빈 조숙희 이복자 시인

사월의 연가

사월의 산과 들에
꽃 향기 흩날리면

랑데부 연약한 님
오실까 기다려도

해 저문 언덕 위엔
바람만 부는구나

秀智 김민영 / 카페 닉네임 : 수지

한행문학 신인행시문학상 / 시인 등단
2019 대한민국 주먹행시전 대상 수상

공저 : 통섭시대(행시집, 2021)

그리움

달빛 어린 하늘 가 별들은 빛나는데
아늑하게 멀어진 지나간 추억이여

달을 닮은 네 얼굴 보고픈 사람이여
아물지 못한 상처 가슴에 머무르고

밝고 고운 네 미소 눈앞에 아른거려
은하수 뒤 있을까 구름 속 숨었을까

달무리 진 밤하늘 바람에 흔들리고
아픈 마음 달래는 슬픔만 넘친다오

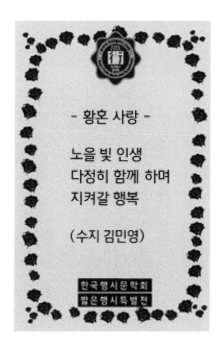

- 황혼 사랑 -

노을 빛 인생
다정히 함께 하며
지켜갈 행복

(수지 김민영)

한국행시문학회
밝은행시특별전

목련화

마당엔
봄 햇살
한 가득 담고서

음지엔
따사로운
봄 물결 흐르니

은빛 물
곱게 스민
화사한 목련꽃

청초한
꽃망울
머금은 가지는

춘풍에
잠 깨어
꽃 향기 품누나

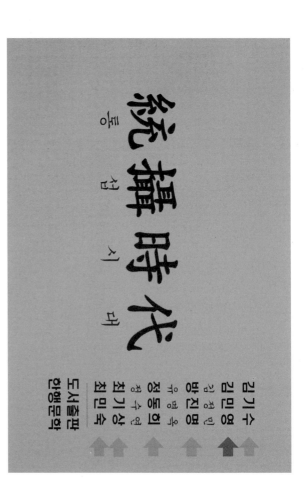

그리운 어머니

가고픈 나의 고향 그리운 어머니여
나팔꽃 담장 가에 보랏빛 미소 짓고
다듬이 노랫가락 구김살 펴져가면
라디오 청취하는 어둠이 짙어진 밤
마당 안 강아지는 실눈 떠 객 쫓으니
바느질 골무 손에 호롱불 으쓱대네
사군자 매화 향기 바람결 흐르던 곳
아카시아 꽃 먹고 뛰놀던 그날들은
자장가 한 소절에 새로록 꿈길이라
차창 가 둥근 달도 살며시 잠이 드네
카네이션 한 송이에 미소 띤 어머니여
타국보다 머나 먼 하늘에 계시오니
파노라마 아롱진 정겨운 어린 시절
하얀 꿈 심어주던 어머니 그리워라

비자나무 숲길

비밀인데요
자신을 숨긴
나 없는
무극의 세계

숲 그 완전하고 아늑한 곳으로
길동무 되어주실래요

懷情 김비주 / 카페 닉네임 : 아리

삶을 사랑하며 자연을 사랑하며 사람을 사랑합니다
이 마음의 배달부 나팔수 행시문학은
저의 첫사랑 같은 글 쓰는 즐거움입니다
아람문학 등단 시인
한행문학 동인 / 짧은행시특별전 고운글상 수상(2022)

8월 바다

가슴이 탁 트이는 8월 바다로
나는 간다
다정한 벗들에게선
라일락향기
마음 곰삭은
바보 이야기 넘쳐난다
사연마다 구비구비
아릿한 눈물 그 정겨움
자연 닮은 우리 어느새
차곡차곡 쟁여온 사랑
카라멜처럼 부드러워라
타올라 부서지는
파도여 하얀 파도여
하늘 품은 그대 바다여

할머니 순두부

할머니들
화투놀이 삼매경

머물러 한 사흘 유숙하시는
원주장꾼 남매할머니도
참가하셨다

니 성냥 내 성냥 왔다 갔다
볼모 잡힌 성냥 나라

순하신 종대할머니는
성냥 다 떨어져가네

두 손 펼쳐 든 울 할머니 그림장
아따 삼광 팔광이 또 들었네
아무도 안 부러워

부자다 울 할머니는
성냥부자다

사랑합니다

당장
오실 수 있나요

신겨주신 꽃신이 다 해어졌고
다래 덩굴 숲 산바람은

에덴을 추억하며
비둘기처럼 울어요

대신해 줄 이
세상에 아무도 없습니다

한계를 누가 정했으며
그걸 어쩌다 순응했나요?

기도처럼
복종만 하겠다던 임

억겹의 시간이 흘러도
잊을 수 없어요 자정 넘어

한 시가 훌쩍 지났고
풀벌레조차 고요합니다

줄 풀이 호수에 머릴 감는
꿈결 같은 월류봉의 여름 밤이여

- 가을 서정 -

추색 완연한
억새 서걱대는 밤
길섶 귀뚜리

(도원 김선균)

桃園(도원) 김선균 / 카페 닉네임 : 수진

서경대학교 국어국문학과 졸업
문학광장 신인문학상 시 부문 등단
제4회 황금찬문학상 / 제6회 활천문학상
한행문학 신인행시문학상 / 시인 등단
2018 대한민국 주먹행시전 대상 수상

공저 : 봉놋방엔솔로지 외 다수

새봄

겨울아, 참 수고 많았어
울창한 침엽수엔 눈 덮이고
은빛으로 반짝이는 천지

가버린 아쉬운 인생만 말고
고독도 함께 데려가렴

새 봄이 온다고 와글와글
봄은 갖가지 따뜻한 빛깔로
이 아름다운 꽃을 피우는가

왔다가 금세 갈 봄인 까닭에
다 눈에 담아보는 멋진 봄날

2017 대한민국 주먹행시전
전시회 준비 작업 /
관악산공원 둘레길
(오경일, 김선균 시인)

겨울의 자화상

겨울은 감지 않은 머리를 풀어 헤쳐
울 엄마 장날 길을 하얗게 흩뿌리고
의젓한 동장군까지 칼바람을 더했네.

자규는 찬바람에 집으로 숨어들고
화톳불 피워 놓고 언 손을 녹이는데
상처 난 지난 시절이 그립고도 서럽네.

- 개화(開花) -

영화로운 꽃
춘설 녹아내리니
화알짝 폈네

(도원 김선균)

- 그리움 -

밤새 대숲엔
마디 속을 채우는
다정한 사랑

(도원 김선균)

- 에덴동산 -

자연스러운
유인원 같은 생활
인간의 바람

(도원 김선균)

- 로멘스 -

성하의 계절
장마 이긴 벌레들
기 센 짝짓기

(도원 김선균)

난 가능하다

가질 수 없어
나는 너를 잊었다
다음을 보며

라디오에서
마음 울리는 노래
바로 볼륨 업

사람과 사람
아직은 어색하지
자꾸 만나 봐

차가운 마음
카리스마 있는 나
타고난 성격

파김치 됐다
하고 싶은 게 많아
난 가능하다

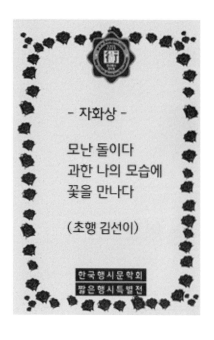

- 자화상 -

모난 돌이다
과한 나의 모습에
꽃을 만나다

(초행 김선이)

한국행시문학회
짧은행시특별전

初行 김선이 / 카페 닉네임 : 선이

한행문학 신인행시문학상 / 시인 등단
상주 숲문학 동인
2022 짧은행시특별전 고운글상 수상

- 자화상 -

모난 돌이다
과한 나의 모습에
꽃을 만나다

(초행 김선이)

- 나의 소망 -

상상을 한다
담장의 장미 넝쿨
소박한 소망

(초행 김선이)

- 행시 선배님 -

꽃 같은 님들
그윽한 향기 속에
늘 한결 같다

(초행 김선이)

- 소주 한잔 -

옛날 이야기
정든 친구들 만나
취하도록 짠

(초행 김선이)

- 길거리에서 -

편하게 한잔
의좋은 친구들과
점점 오른다

(초행 김선이)

- 친구들과 -

그날이 오늘
날씨 죽여주는 날
밤에는 스파

(초행 김선이)

- 휴가 중 -

운전대 잡고
동서남북 다니다
화산 섬 여행

(초행 김선이)

- 자외선 -

태양이 이글
양산 쓰고 가리다
화상 입겠다

(초행 김선이)

- 아침 기도 -

자신이 있다
스마일하게 웃자
민폐는 없다

(초행 김선이)

- 장인의 손 -

대단한 솜씨
나무가 작품 된다
무엇이든 다

(초행 김선이)

- 오늘 하루 -

현기증 난다
충전이 필요하다
일탈 고민 중

(초행 김선이)

- 봄의 왈츠 -

가지 가지다
지천에 널린 꽃들
꽃들의 잔치

(초행 김선이)

유월

어디서 오나
느티나무 숲인가
새 빛 찬란해

여유만만 장미화
름름한 자태
이보다 아름다운
네가 보인다

小亭 김선희 / 닉네임 : 시오니, 소정

한행문학 동인
제3회 전국행시백일장 최우수상 수상(2018)
문학단체 백일장 시부문 장원 다수 입상

사랑의 추억

가다가 말고
나도 모르게 서서
다시 돌아봐
라임 오렌지 나무
마음에 담아
바람 불어 좋은 날
사랑의 추억
아련히 밀려드니
자꾸만 생각
차차로 잊혀질까
카르멘 다운
타이스 명상곡과
파바로티의
하모니 만끽하다

어머니

저고리 모시적삼 풀 먹여 다림하고
무념의 치맛자락 겹겹이 쌓인 설움
는개비 적시는 산야 휘돌아온 한세월

서녘의 붉은 노을 타는 빛 그리움에
산마루 둥지 틀고 설레는 가슴앓이

해거름 황혼의 여정 꿈길 따라 가시리

희망

또로록 풀잎 끝에 아롱진 이슬 호수
다소곳 산야의 숲 나목에 잎 틔우려
시린 몸 출렁거리며 고동치는 물오름

봄비로 젖은 대지 해빙의 가쁜 비명
이랑 골 어귀마다 봉긋한 새싹 선율
다홍빛 꽃 가지 향연 산들바람 설레임

삼행시[11형 퍼즐행시]

삼고초려 깊은 뜻에 **삼**행시를 지어놓고
행주산성 정자에서 **행**시낭송 시작하니
시인들이 몰려와서 **시**인되라 격려하네

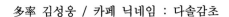

多率 김성웅 / 카페 닉네임 : 다솔감초

한행문학 신인행시문학상 / 시인 등단
무진주문학 신인문학상 / 시인 등단
오남투데이신문사 신춘문예 / 대한문인협회 회원
한국사이버문학인협회 서울지회장

공저 : 한국삼행시동호회(행시동인지 창간호)
       행시 속에 세상 있다(행시동인지 2호)
       행시 속에 숨쉬는 님(행시동인지 3호)
       내 인생 행시에 담아(행시동인지 4호)

하얀 그리움에 바다
[中1형 퍼즐행시]

천[하] 제일 자부하여 교만하지 말지어다
고[얀]사람 나는 항상 부족하다 겸손하여
나[그]네 삶 낙천적인 풍류인생 즐겨본다
멀[리]있는 파랑새의 행복 편지 찾아보며
싸[움]닭의 혈투적인 논쟁이란 청산하고
비[에]젖은 슬픔걱정 저 바다에 버리고서
람[바]다춤 축제의장 너와 나와 함께하니
수[다]분한 나의 마음 기쁨으로 가득하리

* 편집자 註 :
위의 운(韻) 중에서 '얀'字와 같이
앞에 내세울 마땅한 단어가 없을 경우에
정상적인 운으로는 완성하기 어렵기 때문에
운을 가운데(中)에 넣거나 또는
X형 등의 퍼즐행시로 쓰기도 합니다

다솔감초

다리아파 중단하던 라이딩을 시작하며
솔잎향기 휘날리는 수리산을 누비면서
감정잡고 하모니카 희한하게 불러보니
초보적인 산악인도 즐거웁게 경청하네

＊ 편집자 註 :
　김성웅 시인님의 닉네임이 다솔 감초입니다

창립10주년 기념. 운영자님들께 감사장, 한행문학 기념타올 선물
(감초, 공주, 딸기, 들꽃, 랑산, 시찬, 은하수, 중전, 태공님)

내일 일은 난 몰라요

내 일생에 사는 동안 주님께서 지켜주어
일사천리 만사형통 받은 축복 누리면서

일분 일초 지키시는 주의 사랑 감사하며
은혜 받은 감동인생 남을 위해 봉사하리

난산 속에 고통처럼 힘든 세상 인내하며

몰래 몰래 지은 죄를 남김없이 고백하니
라랄랄라 기쁜 노래 찬양 소리 합창하여
요셉 같은 성공의 삶 주님 축복 기다리리

마라도~통일전망대까지 850Km 자전거 라이딩 중인 김성웅 시인
(오른쪽에서 두 번째)

아침 인사

아직도
그대는 내 사랑

침실 위
나목처럼 뒹굴 때

인체의
신비로움과 그 황홀함이

사무치는
그리움의 시간들…

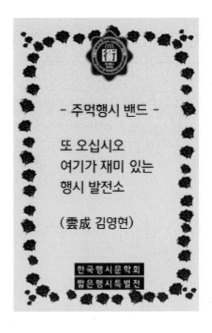

- 주먹행시 밴드 -

또 오십시오
여기가 재미 있는
행시 발전소

(雲成 김영현)

한국행시문학회
짧은행시특별전

雲成 김영현 / 카페 닉네임 : 황금노을

부산경상대학교 부동산경영학과 졸업(부동산 전문학사)
부산개인택시조합, 새마을금고 이사 / 부산시장 표창
연제경찰서 모범운전자회 운영위원
現. 부산광역시 연제구 거제1동 9통장
한행문학 등단시인 / 짧은행시특별전 고운글상 수상(2022

과메기 번개

과음하지 마세요
안주거리 좋다고

메주 넣어 띄운 동동주에
이슬이도 좋아라

기분 좋게 한잔 되시면
십팔번도 한 곡 뽑으시고

번번이 참석 못하는
노을이 생각도 해 주이소

개선장군처럼 언젠가
짠 할 날 오겠지요

한행문학에서는 회비 없는 번개 모임을 종종 합니다
2013. 2월에 과메기철을 맞아 번개를 공지했더니
부산에 사시는 황금노을님께서 부러운 마음으로
멋진 행시를 보내 주셨네요(358페이지 사진 관련)

가을 밤

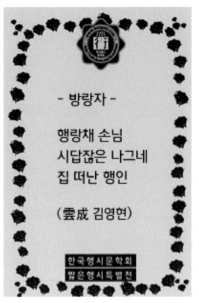

- 방랑자 -

행랑채 손님
시답잖은 나그네
집 떠난 행인

(雲成 김영현)

한국행시문학회
밝은행시특별전

가을
나는 가을이 좋다
다락방 창을 열고

라벤더 향기 맡으면
마음은 하늘을 날고
바라보이는 창공은

사방 어두운 밤이지만
아득히 저 멀리 유성 날고
자그맣게 들리는 풀벌레 소리

차가운 밤 바다를 가르지만
카러멜의 달콤함 보다도
타다 만 커피 향 보다

파도가 밀려 오는 듯함에
하늘 별 쏟아지는 가을이 좋다

부산 사랑

부서지는 포말 속에 절영산이 우뚝 솟아
산세 좋고 물 좋은 곳 세계인과 함께할 곳
송알송알 심은 사연 세월 가도 못 잊을 곳
도도하게 물결치는 항도 부산 송도공원

* '**부산송도**'는 2013. 11 남해번개 참석자들의
   즉석행시백일장 운이었습니다

남해 번개 모임(2013. 11/부산 송도 해수욕장, 9명 참석)
뒷줄 - 꿈꾸는탱자, 채향, 은빛방울, 늘뫼, **황금노을**, 향기
앞줄에 앉은 사람 - 랑산, 다음세대, 혜린 시인님

여보게 저승 갈 때 뭘 가지고 가지

여보게 마음 비우며 초연히 사시게나
보태어 채우려는 안간힘 쏟음 없이
게으름 마다하지 말고 여유도 즐기시라

저울질 눈 끔 한 점 따지면 무엇 하리
승화원 천도 불에 한 됫박 재가되어

갈갈이 흔적 없이 황혼 속에 묻히나니

때 늦은 회한 말고 나눔의 기쁨 얻길

뭘 그리 아등바등 명분에 죽고 살까

가볍게 인정하고 맞장구 치면 되지
지고는 못 사노라 한 성질 내다보면
고생문 훤히 열려 오만상 풍신 떠이

가진 자 베풂 없는 재물에 얽매인 삶
지폐 한 장 아니 들고 덧없이 저승 간다

글샘 김일수 / 카페 닉네임 : 백하영

前. 한전 동해지점 근무 / 現. 한일엔지니어링 이사
특기 : 생활탁구 전국4부(중펜전형), 바둑 아마 7단
한행문학 신인행시문학상 / 시인 등단
짧은행시특별전 고운글상 수상(2022)

공저 : 한국삼행시동호회(행시동인지 창간호)
　　　행시 속에 세상 있다(행시동인지 2호)

하여가(何如歌)

가진 자 장관 되어 뒷돈 꽤나 먹어도
나라님 심기 관리 온 민중이 떠 받들고
다 같이 갈라 먹는 포퓰리즘 배척하세

라인을 잘 타던가 로비를 잘했던가
마침내 감투 쓰고 헛기침 할 적마다
바라는 뇌물 고임 마다할 리 있으오리

사드가 설치되면 핵 방어 한다잖아
아무런 군말 마라 미국 덕에 잘 사나니
자기 지역 배치 반대 님비족 좌파란다

차떼기 무색히 국정 전반 삥 뜯어도
카바를 정권 차원 든든히 바쳐주나
타국에 비해 청렴한 사회 속하니까

파업을 쳐 벌리던 정치꾼 개판 치던
하여가 읊으며 얼기설기 살어리랏다

탁구보감

가는 공이 제구 돼야 오는 공을 잡아 친다
나비 같이 스텝 밟다 짧게 끊어 푸시 한다
다급한 공 안 건들고 템포 죽여 달래 친다

라버 이질 핌플 공은 생각 없이 치면 탄다
마구 같은 회전 서브 공 결대로 걸어 친다

바른 그립 잡는 연습 공격 수비 정확하다

사구 쯤에 승부 결정 초구 이구 찬스 적다

아슬아슬 듀스 승부 가쁜 호흡 가다듬다
자책 공격 한 포인트 따블 실점 진배 없다
차분하게 숏 카트는 공 밑 찍어 살짝 빼다
카트 연습 최고 많이 카트 실전 최소 댄다

타점 높다 패지 말고 빈 공간을 보고 친다
파워실린 회전 루프 공 대가리 눌러 민다

하회전의 드라이브 많이 묻혀 감아 챈다

떡

떡치는 남자 떡보고 웃고
떡하는 여자 떡빗고 웃네

떡치는 솜씨 떡맛이 좋고
떡솜씨 좋아 떡사랑 받지

떡쪄서 잔치 떡먹고 춤을
떡놓고 맞절 떡하니 결혼

떡곱게 보면 떡고운 마음
떡주는 마음 떡감사 받네

떡같이 보면 떡같은 세상
떡같은 사람 떡같이 놀지

떡없이 나서 떡처럼 살고
떡두고 이별 떡없이 가네

왼쪽부터 지원, 향기, 은하수, 스마일, **백하영**, 참 소중한 나, 청호님
(2010. 2. 충무로 출판기념회 번개 모임에서 짠~~)

건강

알 수도 있다가
알다가도 모르는
이 어리숙함을

익히 아는 바
어디에 하소연을 해
가는 세월에
는개비에

청춘을 돌릴 수 없어
포탄 맞은 기분에
도루묵 신세

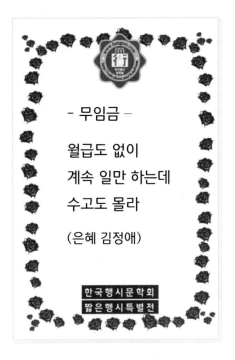

- 무임금 -

월급도 없이
계속 일만 하는데
수고도 몰라

(은혜 김정애)

한국행시문학회
짧은행시특별전

은혜 김정애 / 카페 닉네임 : 은혜 크로스

특용작물농장 운영
한행문학 신인행시문학상 / 시인 등단
네이버 - '재미있는 주먹행시' 밴드 공동리더
2020 주먹행시 특별전 고운글상 수상

공저 : 행시 속에 세상 있다(행시동인지 2호)

하늘은 공평하다

가려고
나대다가
다시들어와
라이프스타일
마음껏치장하고
바쁘게서두르면서
사랑하는사람만나러
아주좋아라룰루랄라라
자신을예쁜걸로착각하고
차려입은옷은걸맞지않은데
카탈스럽기는유난하고별나서
타인들이기피하는모난성격인데
파워는또대단해따를자가없다는거
하늘은공평하여부분부분장단점있네

지금도 내 곁에

내 뱃속에 있다가

안아 볼 때 행복했어
에이듯 추운 날에

너와 나 첫 대면(음11.1)

있다는 것으로 서로 좋아
어느덧 청년이 되었다

분산 개최한 정모(2020. 8/용답스테이지)
뒷줄 - 이광일, 권영준, 박은숙, 김선균
앞줄 - **김정애**, 오순영, 정동희, 김순희 시인

- 일지 -

한 주가 짧은
평범한 농사꾼의
생활의 기록

(은혜 김정애)

- 꿈 -

감사하다고
나는 말하고 싶네
무지개 시심

(은혜 김정애)

- 아쉬운 소리 -

부끄럽지만
탁배기 한잔 하면
해결이 될까

(은혜 김정애)

- 단짝 -

내 것도 네 것
친하고 좋은 사이
구박도 애교

(은혜 김정애)

조금만 더 살다 가지

조심 합시다
금번 차이나 바이러스는
만인이 감염되니

더욱 조심하고

살균과 소독 잘 해서
다 같이 이겨 냅시다

가는 곳 마다 거리 두세요
지금 마스크 쓰고 계신가요?

財德 김정한 / 카페 닉네임 : 재리덕

現. 울산자유우파시민연대 대표
울산남목교회 장로 / 취미 : 서예
한행문학 신인행시문학상 / 시인 등단
제1회 전국행시백일장 최고작품상 수상(2016)

저서 : 반쪽의 새 삶(2016, 행시집)
공저 : 행시 속에 숨쉬는 님(행시동인지 3호)
      行詩와 自由詩의 만남(2021, 행시집)

유자비아

박선미 시인

유류 값 너무 올라
자가용 타기 겁나서
비용 절감하려고
아무리 멀어도 걸어요

* 猶子比兒 :
    오히려 자기 아이처럼
    다정하게 대해야 한다

울산 간절곶 번개(2016. 1. 23~24/**16명 참석**)
맨 왼쪽 끝. 김정한 시인께서 본인 아파트를 숙소로 내 주셔서
울산 번개를 자주 할 수 있었습니다..이 자리를 빌어 감사 드립니다

재덕 김정한 121

희망사항

세상이 바뀌었으니
계획한 모든 일들을

시대에 적합한 정책으로
민생에게 희망 주고
의롭고 바른 지도자로

품위 있고 권위 있고
격식 높게 펼쳐 주세

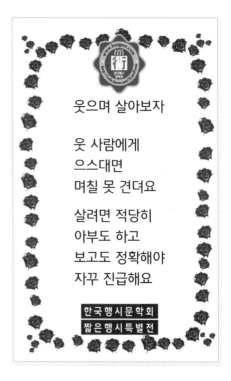

웃으며 살아보자

웃 사람에게
으스대면
며칠 못 견뎌요

살려면 적당히
아부도 하고
보고도 정확해야
자꾸 진급해요

한국행시문학회
짧은행시특별전

수없이 많은 날

수고하고 무거운 짐 진 자 다 내게로 오라
없는 사람도 돈 없이 값 없이 와서 거저 먹으라
이런 좋은 말 어디서 들어 보셨어요?

많은 사람들이 너를 쉬게 하겠다는 데도 아니 오니
은혜 사랑 구원 더 좋은 말의 진짜 맛을 모르지요

날마다 거듭나고 새롭게 사는 법 궁금하지 않으세요

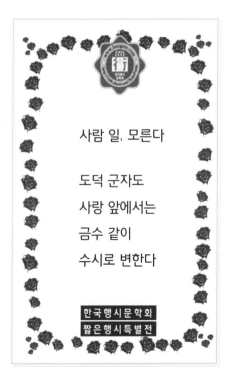

사람 일, 모른다

도덕 군자도
사랑 앞에서는
금수 같이
수시로 변한다

한국행시문학회
짧은행시특별전

도사금수圖寫禽獸 :
온갖 날짐승과 길짐승을
그림으로 그렸고,
- 출처 : 천자문

재덕 김정한 123

몽마르뜨

몽마르뜨에 올라 내려다보는 빠리
마천루 에펠 철탑 차갑게 솟아 있고
르누아르의 후예들은 길목에 도열하여
뜨내기 길손 모델 삼아 가난한 화판을 채운다

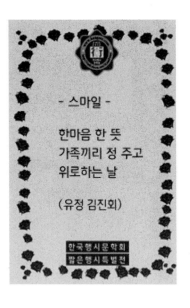

- 스마일 -

한마음 한 뜻
가족끼리 정 주고
위로하는 날

(유정 김진회)

한국행시문학회
짧은행시특별전

効正 김진회 / 카페 닉네임 : 스마일

한행문학 신인행시문학상 / 시인 등단
네이버 - 주먹행시 밴드 공동리더
강서대학교 교수 역임 / 신학박사
現. 즐거운 IL 센터(일산) 대표
제4회 전국행시백일장 최우수작가상 수상(2019)

공저 : 한국삼행시동호회(행시동인지 창간호)

개선문

개나리 진달래 흐드러지게 피어나고
선남선녀 가슴 속에 춘풍이 일렁일 제
문득 어디론가 떠나고 싶은 충동 - 정녕 봄바람 탓이런가?

거문고

거리엔 동짓달 찬바람 휘몰아치고
문풍지는 구슬프게 울어대니
고달픈 인생살이 시름만 깊어가네

* 2021년도 **한국행시문학회** 달력 제작(벽걸이)

- 풍성한 글방 -

다채로운 시
육인 육색이지만
이런 게 묘미

(유정 김진회)

- 심기일전 -

노력 했지만
틀린 게 너무 많아
담엔 잘 하자

(유정 김진회)

카페창립4주년 축하모임(2006. 9/압구정 니코보코)
앞줄 왼쪽 세번째 **김진회** 시인

내가 아는 한 가지

내 걷던 오솔길의
조각을 지웁니다

가녀린 발자국의
독백을 들어주던

아침의 이슬들이
바람에 실려가고

는적인 시간 속에
쌓였던 흔적들이

한낮의 태양아래
안개가 되었지요

가득한 설레임에
다가선 인연으로

지금은 운명의 길
둘이서 그립니다

靑野 김철성 / 카페 닉네임 : 우리두리

한신대학교 경제학과 졸업 / ㈜살기좋은마을 이사
한행문학 신인행시문학상 / 시인 등단
제2회 전국행시백일장 대상 수상(2017)

공저 : 행시사랑 10인10색(2018, 행시집)

뜨거운 입맞춤

뜨락의 꽃님들 환하게 웃을 때
거친 듯 아닌 듯 살며시 다가와
운무 속 거닐듯 이 몸을 감싸니

입안에 가득한 그대의 고운 향
맛보는 눈 속에 가득한 사랑이
춤사위 되어서 행복을 머금네

비와 당신의 이야기

비속에 담긴 숨결
손끝에 다다를 때

와르르 멍든 가슴
살며시 열어봐요

당신의 자국 마다
담겨진 물방울이

신기루 연못 되어
추억을 그리네요

의의한 기억 속의
즐겁던 나날들이

이제는 바다로 간
강물이 되었어도

야위어 가던 가슴
온기가 스미네요

기다림 빗물 되어
다시 또 오셨으니까요. 사랑해요…

사랑이란

사계절 바뀌어도 변하지 않는다오
랑데부 자주해도 또다시 보고 싶어
이렇듯 설레임을 나 혼자 어찌하리
란 향기 피어나듯 퍼지는 마음인걸

한행문학 제13기 등단식(2013. 3, 용사의집 목련실)
등단자 도춘원, 하현달, 오경일, 정동희 회장, 홍혜경, **김철성** 시인

문인화

문둥이 어린 시절 뭉클한 그림 한 폭
인고의 세월 속에 잊혀진 추억들이
화들짝 다가와서 가슴에 아롱지네

인사동 한국미술관 문인화 특별전시회 번개(2020. 1)

불휘 김화순 / 카페 닉네임 : 불휘

한행문학 신인행시문학상 / 시인 등단
제1회 전국행시백일장 고운글상 수상(2016)
2018 대한민국 주먹행시전 최우수상 수상

공저 : 한국삼행시동호회(행시동인지 창간호)
　　　행시 속에 세상 있다(행시동인지 2호)
　　　행시 속에 숨쉬는 님(행시동인지 3호)

임 떠난 빈 역사

임자도
파도 소리
귓전에 맴도는데

떠돌아
삼십 년에
상처만 가득하고

난생 첨
찾아 든 곳
정 붙일 곳 어드메

빈 가슴
채워보려
기울인 술잔 속에

역력히
떠오르는
그 사람 그리워라

사랑아
내 사랑아
정주고 가시다니

기도

가려다
나 기다린
다정한 벗이
라이트 밝히고
마중 나와 있을라
바쁘게 문 열고 보니
사랑하는 이들 여전히
아름답게 행시 쓰고 있네
자신들의 색깔로 곱게 엮은
차려진 작품 보며 미소 짓는 나
카랑한 목소리로 이름 불러준다
타고난 글쟁이도 후천적 노력파도
파란만장한 인생사 속에 함께 얽힌 삶
하늘이시여 이 인연 부디 지켜주옵소서

해신당

해신당 바다신께 바쳐진 남근 행렬
신께서 여러 형태 원 없이 받고 보니
당연히 풍랑 막고 만족함 보답만선

* 이 글은 2013. 10 동해 번개 모임에서
  즉석 행시백일장 작품으로 쓴 글임

동해 번개(2013. 10. 26~27/강원도 동해 일대, 10명 참석)
동해시 블루궁 노래방에서 즐거운 시간
이경자 박선미 오순영 **김화순** 김일수 지붕환 정동희 권창순 김연성 김영태

- 아주 훌륭해 -

자존심 걸고
스스로 금연 결단
민폐는 없다

(기암 김효기)

基岩 김효기 / 카페 닉네임 : 김효기

철도공무원 25년 근무
철도청, 신분당선 지하철 근무
現. 수도권광역급행철도공사(GTX-A) 근무
한행문학 동인
2022 짧은행시큭별전 고운글상 수상

- 꿈은 이루어진다 -

새로운 도전
정신 무장 하고서
부동산 공부

(기암 김효기)

- 봄의 향연 -

사계절 중에
춘삼월 눈꽃 여행
기가 막히네

(기암 김효기)

- 이별은 싫어 -

가시렵니까
막막한 내 마음을
살펴 주세요

(기암 김효기)

- 건설 노동자 -

더워도 일 해
위기 극복 해야죠
탓일랑 말고

(기암 김효기)

- 선물 같은 아내 -

사랑합니다
과해도 좋습니다
꽃보다 당신

(기암 김효기)

- 꼴라 된 날 -

개가 되었다
미친 듯이 퍼 마셔
집도 못 찾아

(기암 김효기)

- 아내와 둘이 -

산 정상 올라
마주 보며 한 약속
늘 건강하자

(기암 김효기)

- 같이 잡시다 -

지각 하겠네
각 방 쓰니까 그래
생각 바꾸자

(기암 김효기)

- 할머니 생각 -

길쌈 매시던
양평 할머니 모습
이젠 보고파

(기암 김효기)

- 까불면 죽어 -

태권도 고수
양아치 시비 걸다
화장터 갈 뻔

(기암 김효기)

- 사랑한다 말해요 -

꽃집 아가씨
송두리째 뺏긴 맘
이제 고백을

(기암 김효기)

- 부럽다 -

딸 있는 분들
기분 엄청 좋겠다
꽃처럼 예뻐

(기암 김효기)

한번 행시인은 영원한 행시인입니다
[V형 퍼즐행시]

한송이국화꽃이하얗게피었습니다
매번전해지는향기는발자취입니다
한국행시문학의소중한흔적입니다
행복한시간마다함께했던인연으로
걸어왔던인생사빛나는시향간직해
추억이담긴은은한동행의마음으로
지나온이십년영원한당신의숨결을
서로가어울려영원히손잡고갑니다

風雲 노영태 / 카페 닉네임 : 장돌뱅이

전주대학교 국어교육과 졸업
한행문학 동인
제2회 전국행시백일장 최우수상 수상(2017)

140

그대 편지 한 구절

"그래, 그럼 그렇게 해."
"그래, 그럼 그렇게 빌께."

대단한 내용은 아니지만
대충 넘길 이야기도 아니다

편하게 써서 보내준
편지 내용의 전부였지만

지금까지 기억하고 있는
지내온 삶의 따뜻한 목소리다

한마음 한뜻으로 살아온 시절의
한 통의 소중한 편지가 그립다

구슬픈 마른 기침소리에 섞여
구름결이 저만치 세월을 펼치는데

절실했던 기억의 틈새에서
절절한 청춘의 노랫소리가 들린다

다윗의 시(시편23:1) [中1형 퍼즐행시]

나의**여**호와
내여**호**와여
다가**와**잡은
빛나**는**손길
언제**나**크신
능력**의**주님
보혈의사랑으로**목**마른자부르시어
믿음을갈망하는**자**기뻐찬양케하사
소망의빛채워주**시**는축복을주소서
간절히갈구하오**니**쓰임받게하소서
복된**내**모습
넘치**게**하사
찬송**부**르며
은혜**족**하니
항상**함**께한
말씀**이**넘쳐
한량**없**으니
성령**으**로써
갈보**리**희생
은혜**로**운삶
순종**다**하리

라온제나, '즐거운 나'

라벤더
온화한 향
제대로 살린
나만의 즐거움

♡

날마다 믿음으로
따뜻한 마음 담아 기다리는
새로운 하루가 있어
고운 날개 달고
간밤에 펼쳐진 소박한 꿈을
찾을 수 있어 즐겁고

날마다 소망으로
멀리 있는 소중한 친구에게
세상 살아가는 이야기 담아
즐거운 마음으로
활기찬 안부를 새록새록
전할 수 있어 기쁘고

날마다 사랑으로
햇살 가득찬 하늘을 보며
함께 웃을 수 있는 가족들과
커다란 머그잔에 설렘으로
아름다운 삶의 향기를
담을 수 있어 행복하다.

짝사랑에서 '배우리'로

배우고 사랑하며 겸손히 살으려오
우정과 신뢰 쌓아 소중한 인연으로
리턴도 없는 삶을 알차게 살고파요
로망은 향기롭고 예쁘게 살고파서

닉 바꿔 새로웁게 다시금 시작해요

바뀐 닉 기억해서 사랑해 주옵소서
꿔다 논 자루처럼 그리는 살기 싫어
요즈음 바쁜 핑계 여러분 죄송해요

雅操 박상숙 / 카페 닉네임 : 짝사랑, 배우리

백제문화제 백일장 시부문 장원
한행문학 신인행시문학상 / 시인 등단

공저 : 행시 속에 숨쉬는 님(행시동인지 3호)
　　　 행시에 내 인생 담아(행시동인지 4호)
　　　 자연사랑 시화전 기념시집(행시 게재)

보고파서 한잔

보일 듯 잡힐 듯 사라져간 네 모습
고독은 그림자 짙게 드리우고
파토 난 사랑의 허탈한 흐느낌으로
서러움 짓누르며 울먹임으로 머무는 밤

한숨도 못 이루던 불면의 날은 밝았다…그리고
잔잔히 내리는 비가 그리움을 부르는 초가을 오후

한행문학 2022 봄 정모(2022. 4. 30 안국동 전주밥상)
박상숙 오순영 조숙희 조용희 이광일 시인

너무나 고마운 사람들

너스레 떨어대도 포근히 감싸주고
무한한 사랑으로 언제나 대해주는
나에겐 너무나도 소중한 님들이여

고맙고 황송한 맘 전하고 싶습니다
운으로 행시 쓰며 고락을 함께한 지

사부작 헤어보니 날 수가 만만찮아
람보의 우람함은 제게는 없지마는
들국화 꽃차 한잔 님들과 나누고파

한행문학 제3기 등단식(2020. 11. 26 인사동 제주미항)
변희창 권혜경 **박상숙** 정동희 회장 양귀희 임성택 시인

사랑만 해도 모자란 세월

사랑하며 부대끼며 살아가는 우리 인생
랑만까지 잊혀지는 중년 나이 우리네들
만만한 삶 아니기에 아픔 많은 종합병동

해 바뀌는 세월 따라 쫓는 걸음 숨이 차고
도란도란 사연들이 밤을 새도 모자라요

모든 인연 소중함에 눈맞춤도 정겨워라
자연스레 정이 들어 고울 때도 미울 때도
란초 향기 설레이던 초심으로 돌이켜요

세월가면 우리모두 한 줌 흙이 될 터인데
월출 보며 쉬엄쉬엄 얼싸안고 살아가요

날씨가 심술을

날 저무니 앞산 자락 밝은 달이 걸리었소
씨 뿌리랴 김을 매랴 산촌생활 힘들어도
가슴 속이 평안하니 더한 행복 또 있을까

심성 고운 지어미에 자식 또한 효 깊으니
술 한 모금 안 마셔도 흥이 절로 나는구려
을씨년이 웬말이오 배꽃 저리 환하거늘

白西 박상주 / 카페 닉네임 : 물찬 돼지

경기 포천 출생
한행문학 동인
기계설계 전공, 반도체 회사(Amkor사) 평생 근무
대만 및 중국 지사 주재원 역임
현재 정년퇴직 후 산촌생활 준비 중

저서: 말 장난에 목숨 걸지 말자(2014, 행시집)

말장난에 목숨 걸지 말자

말과 같은 체력으로 매일 저녁 힘썼다네
장모님도 소식 듣고 우리 사위 최고라네
난자 정자 서로 만나 아들 되어 태어날 제
에미 애비 되었음에 가슴 속이 후끈했네

목 가누는 모습 보니 기특하기 그지없고
숨바꼭질 하는 모습 감격하여 눈물 났네

걸음걸이 보아하니 내 씨앗이 틀림없고
지지배들 잘 꼬시니 그것 또한 판박인데

말솜씨도 뻔지르르 약장사도 울고 가니
자식 치고 이 정도면 자랑할 만 하지 않소

줄기차게 내리는 비

줄넘기가 좋다기에 무턱대고 뛰었다네
기진맥진 숨이 차네 오십 개도 힘들다네
차 마셔도 좋다기에 다기부터 장만했네
게걸스레 마셨더니 오줌 누기 바쁘다네

내의 위에 땀복 입고 겨울 양말 신었다네
리어카를 끄노라니 사우나가 따로 없네
는 체중을 줄이는 일 이다지도 힘들거늘

비만이란 두 글자와 헤어질 날 언제일꼬

새해 복 많이 받으세요

새해를 맞이하여 신명님께 비옵니다
해맑은 혈액 순환 회춘을 허락하사

복분자 안 먹고도 힘쓰게 하옵시고

많이는 아니라도 애인을 점지하사
이따금 운우지정 누리게 하옵소서

받고자 하는 사랑 원 없이 줄 수 있게
으랏차 강한 체력 원기를 주옵시고
세 탕을 뛰고 나도 무르팍 안 깨지게
요 말고 침대에서 뒹굴게 하옵소서

- 메리골드 -

금 꽃 우린 물
잔잔한 허브 향기
화사한 약초

(소파 박선미)

笑破 박선미 / 카페 닉네임 : 소파, 박여사

황금당 운영(동해) / 고미술사 운영(강릉)
한행문학 신인행시문학상 / 시인 등단
전국 자연사랑 시화전 우수상 수상(2015)
제4회 전국행시백일장 대상 수상(2019)

공저: 내 인생 행시에 담아(행시동인지 4호)
　　　행시사랑 10인10색(2018, 행시집)

밤바다의 연정

밤하늘 별을 헤며 다정히 손잡던 날
바다는 춤을 추고 모래는 응원하고
다가온 둥근 달은 구름 속에 숨어들고
의리의 님과 함께 사랑을 약속했지

연분홍 치마폭에 사랑을 가득 담고
정 나누며 가는 세월 흰 머릿결 나부끼네

아리아라리 연극공연 번개(2019. 5/강원도 정선)
가운데 체격이 좋은 여장 남자 주인공이 당일 연극의 주연 배우이며
그 오른쪽 검은 자켓에 흰 가방 든 사람이 어머니인 박선미 시인

인생 노트

시 쓰는 마음일까?

쓰다듬고 가꾸고 다듬질하는 감미로움
는적는적

작은 가슴은 자꾸만 작아지는 것 같은데
은빛 햇살은 내 곁에 따스하게 내려앉아 좋다

나만이 간직한 작은 소망 하나 가슴에 담고
의연하게

바지런히 인생 노트 펼치고
램프 밝혀 놓고 오늘도 글 짓는 소파 할미는 행복하다

 그림 상단 우측 장식 기호

그 여자의 집

그 여자는 옛날 물건들을 무척 좋아하나 보다

여러 가지 골동품과 고미술에 관심 많다
자연스럽고 소박하고 투박하고 못생긴 강원도 민속품이 좋다
의구한 세월 동안 우리 조상들이 즐겨 쓰던 세간살이들

집에는 내 즐겨 소장한 작은 애장품들이 사랑스럽다

너무나 먼 길

너에게 있는
무겁고 귀찮은 짐을
나에게로 갖고 오라

먼지처럼 여긴 후에

길을 정화시켜 보라

늘뫼 박영관 / 카페 닉네임 : 늘뫼

안과 전문의 / 前. 부산 고신의료원 근무
前. 중국 길림성 연변대학 복지병원 의료선교봉사활동 7년
前. 양산 한마음요양병원장 / 부산 금송요양병원장
現. 김해시 다정한요양병원장 / 김해 함지교회 장로
한행문학 신인행시문학상 / 시인 등단

온고지신

온 세상이 캄캄하여 참된 빛이 없었더니
고마우신 분의 영광이 온 세계 비쳤도다
지혜로운 말씀을 믿으니 마음이 시원하고
신뢰하며 순종하니 앞 길이 훤해지도다

* 온고지신(溫古知新) :
　옛 것을 익힘으로써 새로운 것을 알게 되다

등단축하패와 신인행시문학상을 들고 있는 **박영관** 시인
(2015. 3)

부산 송도

부산 송도 玄人의 동상과 부산갈매기횟집에서 즐긴 후
산이 한삼동 부르시기에 해변을 끼고 岾南공원을 향해
송도 볼레길의 갈매기가 이끄는 대로 3행시 윤창했더니
도보로 가는 길이 꿈길처럼 살아있네! 자주 봅시데이~!

* 부산 남해 번개 모임에서의 즉석행시백일장 작품

남해 번개(2013. 11/송도 해수욕장, 9명 참석)
왼쪽부터 꿈꾸는탱자, 채향, 다음세대, 향기, 혜린, **늘뫼님**
(+ 랑산, 은빛방울, 황금노을님 참석)

꽃잎 그대로 지고 말아

꽃잎은 하염없이 바람에 지고
잎사귀 돋을 날 아득하기만 해!

그대와 맺을 맘 결실치 못 해
대충 집고 풀잎만 맺으려는지
로스트 타임 되게 맺으려는가!

지나치게 센 바람결에 꽃 지니
고대광실 약속도 구름 떠나듯

말없이 맘과 맘 결실도 못 해
아무래도 풀잎만 맺으려는가!

현충일 헌시
[Z형 퍼즐행시]

현충일을맞아
묘지참배**직**접
대통령**도**오고
태극**기**휘날려
기**억**하는충혼
해같이빛나리

靑鳥 박은경 / 닉네임 : 새야 → 청조

전북 고창 출신 / 미국 텍사스주 남부해안 거주
문학사랑 인터넷문학상 수상 / 수필부문 등단
풍경문학 시조백일장 우수상 수상 / 시인 등단
시조사랑 / 시조부문 등단
한행문학 동인

햇살 가득한 유월[中1형 퍼즐행시]

오뉴월 **햇**살 뜨거워

내놓은 **살**갗 따갑다

썬크림 **가**득 바르고

키득키 **득** 웃는 얼굴

하늘엔 **한**가로운 구름

언덕엔 **유**순한 바람이

부지세 **월** 하지 마라네

짧은행시특별전 전시중
(2022년 4월부터~/용답역 상설전시장)

수제품

손으로 눈으로 바쁘게 움직여서
뜨개질로 만들어낸 동그란 식탁 장식
개인을 위함이 아닌 하나님께 드린 선물

미소 짓는다 SMILE

봄 노래 불러본다

내 마음 풍선처럼
음악에 빠져들어

고운 소리 들으며
와락 번지는 미소

Sing a spring song
My heart's like a balloon
Immerse in the music
Listen to the fine sound
Enough smile spreads

- 고백 -

해도 될까요
마음 속에 감춰진
다 못한 그 말

(옥천 박은숙)

沃川 박은숙 / 카페 닉네임 : 옥천

충북 옥천 출생 / 초등학교 예절교육강사
한행문학 신인행시문학상 / 시인등단
성동구청 문인회원 / 이슬문학 등에서 문인활동
現. 유통사업 / 네이버 - '재미있는 주먹행시' 밴드 공동리더
짧은행시특별전 대상 수상(2022)

삐비꽃

할머니 무덤 가에 하얗게 피어 있는
미소로 반기는 듯 할머니 마음 같아
꽃 같이 보이는 풀 어릴 적 즐긴 간식

1년 내내 정모 장소를 제공해 주신 **박은숙** 시인님께 감사 표시
(2020년 여름 정모/용답스테이지에서)

바람 부는 날

지금 어디로 가고 있나
하염없는 상념 속에
철없던 그때처럼

역에서 마음도 서성인다
에둘러 글귀 한 소절에
서있던 나를 돌아보며

본연의 삶 속으로 돌아온

글 속에서 나를 찾은 날

용답상가 이름행시 액자전시회
(2020. 1 / 용답동 로데오거리)

- 기다림 -

꽃 나비 올까
살에 꽃을 피우고
문 앞을 서성

(옥천 박은숙)

- 지금 -

가고 싶어라
파도 치는 그곳에
도시를 떠나

(옥천 박은숙)

- 용답역2번출구 -

최고의 작품
고 품격 시어들이
여기 전시 중

(옥천 박은숙)

- 부부 -

다들 꿈꾸지
정 좋은 노후 모습
해로 하면서

(옥천 박은숙)

박은숙 시인 등단식(2017. 12 / 종로3가 청수장)

가을 남자[민조행시]

가진 게
을이어도
남아의 향기
자랑스럽다네

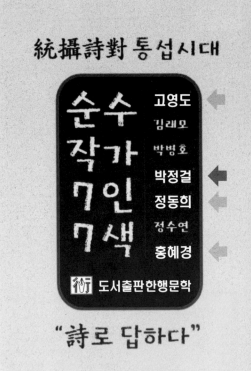

千里馬 박정걸 / 카페 닉네임 : 천리마

한행문학 신인행시문학상 / 시인 등단
제3회 전국행시백일장 최우수작가상 수상(2018)
중국 연길시 가사창작협회 회원
2005년 1월부터 daum 행시카페 한국행시문학에서 활동

공저 : 통섭시대 순수작가 7인7색(2018, 행시집)

선인장[시조행시]

선산이 사막이라 애환의 생명 찬가
인고의 단즙 모아 꽃들을 피워 낸다
장하다 바늘 가시로 세상살이 다 겪네

고사리[시조행시]

아기 손 꼭 닮았다 꼬부린 두 손 모두
기특해 살펴보니 하늘이 내리셨네
손가락 다 펴기 전에 꺾어야 제철이다

내 피는

조국은
국가이다
이름 부르면
여백 없이 가리

산이며
하천이며
여력을 다 해

짧은행시특별전 전시중
(2022년 4월부터~/용답역 상설전시장)

봄날은 간다
[사선＼형 퍼즐행시]

꽃 ←

몇잎 ←

잎모은 ←

지그재그 ←

봄다시온대 ←

해도꽃재미로 ←

세월따라가겠지 ←

꽃도한철살고지고 ←

오늘도가는말오는말 ←

아름다운삼천리강산아 ←

* 위 작품은 [끝1형 퍼즐행시]로
분류할 수도 있습니다

꽃

몇잎

잎모은

지그재그

봄다시온대

해도꽃재미로

세월따라가겠지

꽃도한철살고지고

오늘도가는말오는말

아름다운삼천리강산아

천리마 박정걸　171

/답답한 세상/

코 막고
로변 정담
나눈다

박준길 꽃시집/2022
- 너는 꽃눈 나는 꽃살 -

그대에게 꽃(花)히다

메이킹북스

日松 박준길 / 카페 닉네임 : 은사시나무

수원문인협회 문학과 비평 등단 / 시인, 수필가
경기수필가협회 회원 / 재경문우회 부회장
나혜석 문학상 수상(2019. 4)
한행문학 동인

시집 : 달팽이 배꼽(2015), 존재의 온유(2016)
　　　 그대에게 꽃(花)히다(2021)
산문집 : 겨울 은사시나무(2020)
기행문 : 일본, 조닝(町人)의 후예들
번역서 : 일본 10년 후 이렇게 변한다

172

너는 꽃눈 나는 꽃살

너는
는개비 맞으며

꽃으로 피었구나
눈꽃처럼 예쁘구나

나는
는적이더라도

꽃으로 피어 날 때
살포시 네게만 주리라

同名 原作 - 자유시

잔설만 남은 바랑골에도
꽁꽁 얼었던 샛강에도
작은 봄빛은 천천히 물길을 연다

살던 터전에서
차디찬 엄동 이겨내고
생명의 경이로움
하나 둘 꽃망울 터트린다

고향 샛강은 이제 개발에 밀려
결코 강 냄새 나지 않는다
시냇가 버들치 종달새 보이지 않는다

떠나간 그리움을
반겨주는 것은 오직 들꽃뿐
혈연 지연 몰라도 환하게 반겨주는
근본 없이 태어난 들꽃들

너는 내 꽃눈
나는 너의 꽃살이었으면 좋겠다

그리움

그리움은 누구나 있는 법
대신해서 잊어줄 사람은 없어도

내 인생에도 그리움은 아직도 남아 있습니다

마음 같아선
음허(陰虛)한 것이 아니라면

깊은 내 마음에도
은은한 그리움 가득 채우고 싶습니다

곳간에 쌀이 없어도
에누리 있는 그리움 영원히 간직하고 싶습니다

닉네임

겨울은 춥고 쓸쓸해서
울고 싶을 때도 있지만

은사시나무처럼
사랑과 동심의 마음으로
시원(詩源)을 찾아
나의 영혼을 위해
무한히 불사르고 싶다

- 엄마 등 -

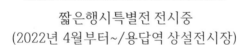

- 동방의 등불 -

해 뜨는 나라
돋보이는 힘 축적
이젠 강대국

(지온 반종숙)

한국행시문학회
짧은행시특별전

짧은행시특별전 전시중
(2022년 4월부터~/용답역 상설전시장)

포근한 느낌
대지처럼 넓었던
기억의 저편

(효설 반종숙)

曉雪 반종숙 / 카페 닉네임 : 지온(智溫)

한행문학 신인행시문학상 / 시인 등단
2019 대한민국 주먹행시전 금상 수상
2020 주먹행시 특별전 대상 수상
네이버 - '재미있는 주먹행시' 밴드 공동리더

공저 : 行詩와 自由詩의 만남(2021, 행시집)

상념想念

향긋한 꽃 내음이
기억 속의 옛일을
나도 모르게 떠올려
는개비 내리는

꽃 뜰에 시선 멈추게 하니
들이키는 숨결마다
속으로 스며드는 향기
에둘러 지워보려 해도
서서히 잠에서 깨어나듯

옛일이 새록새록
추억인 듯 미련인 듯
억누를 새 없이
이렇게 다시

떠오름은
오늘 이 순간을
르노와르 그림 속의
는적이는 여인들처럼
이 한낮의 여유로
유유자적 누리고 싶음인가

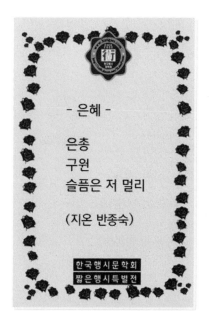

- 은혜 -

은총
구원
슬픔은 저 멀리

(지온 반종숙)

한국행시문학회
짧은행시특별전

소나무

숲 한 모퉁이
에굽은 소나무 한 그루

아무도 모르는 새
무던히 자라

이윽한 느낌
유달리
도담스러워

없는 힘에
이마방아 찧으며

겨우 제 한 몸 지탱하려
울먹이던 때 지나니
이제는 겁 안 나

찾아온 겨울도
아기다복솔 티 벗어
왔다가 가면 그 뿐
다솜 넘치는 봄 오리니

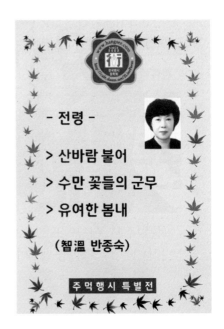

- 전령 -

> 산바람 불어
> 수만 꽃들의 군무
> 유여한 봄내

(智溫 반종숙)

주먹행시 특별전

집콕

덕분에 가지는
금쪽같은 시간들
어영부영
미적거리며 소모하지 말고
잠잠히 빚 된 시간으로 활용해

* 덕금어미잠 : 버릇이 되어 버린 게으름을 이르는 말

코로나 탓에 여러 번 나눠 실시한 2020년 여름 정모/용답스테이지
뒷줄 왼쪽부터 유영남, 송문호, 황래오, 방진명, 최현중, 이상옥,
앞줄 박은숙, 박선미, 오순영, 정동희, **반종숙**, 임성택 시인님

- 사랑 -

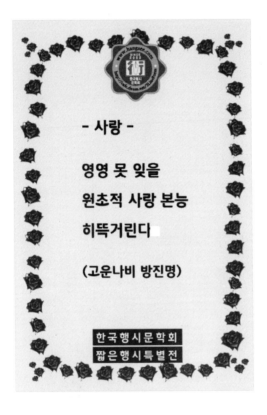

영영 못 잊을
원초적 사랑 본능
히뜩거린다

(운천 방진명)

雲川 방진명 / 카페 닉네임 : 고운나비

한행문학 신인행시문학상 / 시인 등단
옥외광고 디자인업체 운영
제3회 전국행시백일장 우수작가상 수상

공저 : 통섭시대(2021, 자유시 25편)

시골길

시간이 묻고 있는 들녘의 속삭임은
골목길 추억 속에 웃음꽃 피워 있어
길 주인 노을을 태워 치마 속에 숨네요

눈망울

눈동자 숨겨놓은 환상의 거울 뒤편
망각의 샘물 앞에 한 모금 마셔보니
울음통 재워주는 약 마법의 창 유리벽

봄이 오고

봄바람 설레는 길
마음만 잡고 있어

이 맘도 함께 따라
향기에 묶고 가네

오신다 하신 임은
봄인가 설레지만

고운 맘 숨었던 향기
꽃처럼 피고 있네

가슴 속에서

가야금 울리듯 울부짖는 파도 소리
습벅거린 물먹은 보따리 풀어내듯
속마음 천둥처럼 두드리며 설레다
에구구 숨겨 두었던 가슴 속이 무겁네!

청우 시인님 장녀 결혼식 번개
다음세대, 청우, **고운나비님**(+ 하우, 백운)
(2016. 3. 5. 명동 라루체 웨딩홀)

- 빅토리아연蓮 -

수초 틈 사이
은밀한 교감으로
등 밝힌 연꽃

(솔명 배기우)

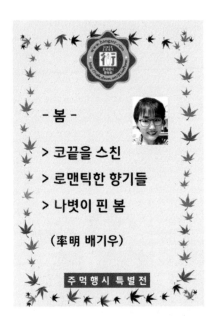

- 봄 -

> 코끝을 스친
> 로맨틱한 향기들
> 나볏이 핀 봄

(率明 배기우)

주먹행시 특별전

솔명 배기우 / 카페 닉네임 : 솔명

한행문학 신인행시문학상 / 시인 등단
문예지 현대시선에서 시와 수필 부문 등단(2009)
제3회 전국행시백일장 대상 수상(2018)

공저 : 行詩와 自由詩의 만남(2021, 행시집)

다윗의 시(시편23:1) [中1형 퍼즐행시]

가는**여**린꽃

나비**호**접몽

다가**와**머문

라떼**는**행복

마른**나**뭇잎

바람**의**향기

사슴의고운숨결**목**처럼여리여리해

아리따웁고아기**자**기한꽃잎들마저

차가운바람앞에**시**들면마음밭에서

카리스마넘쳤던**니**모습이스러지면

타는**내**마음

파랗**게**지고

하얀**부**드럼

가는**족**두리

이쁜**함**박꽃

시절**이**되니

구별**없**이도

최고**으**뜸인

으아**리**꽃이

제일**로**곱게

활짝**다**피네

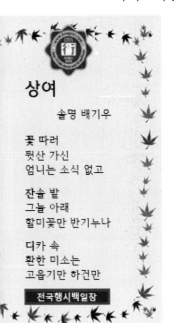

상여

솔명 배기우

꽃 따러
뒷산 가신
엄니는 소식 없고

잔솔 밭
그늘 아래
할미꽃만 반기누나

디카 속
환한 미소는
고웁기만 하건만

전국행시백일장

한번 행시인은 영원한 행시인입니다
[V형 퍼즐행시]

한글자획을긋듯심혈기울였습니다
열번씩사물을관심깊게보았습니다
이런행동하나하나가글소재입니다
부족한시심속에도진솔한인생사를
멋스럽고인자한님들과서향나누며
아름다운글은연중에행복도담았죠
삶의전부가된영롱한글꽃향기행시
소중한추억담아월대히펼쳐봅니다

광주담양번개(2019. 10)
왼쪽부터 - 이정희 정동희 나영임 **배기우** 백재성 오순영 시인

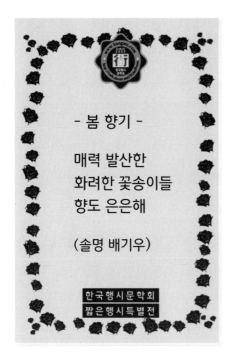

카페창립20주년

행렬하듯 줄지어서
시향을 펼쳐놓으니
마주하는 글꽃 마다
당기는 향긋함 가득
을야에 수를 놓듯이

지극한 마음 깃들여
켜놓고 등불 밝혀둔
온화한 운영진을 비롯

개개인 노력과 정성
척박했던 행시 세상
자존감 드높여 놓고
의연히 자리매김해

시 문학 으뜸 행시방
간결함 최고조 달함

- 봄 향기 -

매력 발산한
화려한 꽃송이들
향도 은은해

(솔명 배기우)

한국행시문학회
짧은행시특별전

짧은행시특별전시회
(2022. 4 ~/용답역 상설전시장)

민조행시[3-4-5-6調 민조행시]

민조시
조선의 얼
행시로 탄생
시작이 반이다

♡ 다음 카페 **한국행시문학**에
'**민조행시방**' 게시판 개설을
환영하고 축하합니다(2021. 5)

雪川 백상봉 / 카페 닉네임 : 가을

시조문학 신인문학상 / 시인 등단
한행문학 신인행시문학상 / 시인 등단
한국문인협회 / 한국 pen 클럽 회원
민조시 협회 이사
대한민국 주먹행시전 최우수상 수상

수필집 : 안골 영감(2007, 국암 애향록)
　　　　카팡이와 사금파리(2009, 수필)
　　　　서울로 간 벅시(2011, 수필)
　　　　줌손과 깍지손(2013, 국궁 교본)
　　　　공자 활을 쏘다(2016, 정사론)
　　　　마음은 콩밭(2016, 민조시)
　　　　어릴럴 상사도야(2018, 향토 시조집)

나무아미타불

나 없는 세상천지 극락이면 무엇 하나
무엇을 하려 해도 나 없으면 무주공산
아무도 가본 일 없는 극락정토 찾아나선
미련한 멍텅구리 이승 살이 잘 해야지
타고난 자기 인생 찾지도 못하면서
불상만 쳐다보고서 조르기만 하는가

白相奉 鄉土時調集

어럴럴
常思島야

한행문학

콩나물김치

콩 두 쪽 머리이고 허연 속살 들어내니
나무랄 곳이 없는 팔등 미인 되었구나
물속에 들어앉아 귀한 몸을 우려내고
김칫국 간을 맞춰 알몸으로 몸 삭이니
치마폭 나풀거리듯 감아 도는 그 맛이여

향토시조집 '어럴럴상사도야' 출판기념회
(2018. 12. 22 / 청수장)
뒷줄 가운데 키가 크신 분 - 저자 **백상봉** 시인

색즉시공 공즉시색

색깔이 있다 한들 돌아서면 간곳없고
즉물은 있다 하나 잡히지를 않는구나
시방도 눈감으면 억겁 만장 오가는 것
공염불 외우고 앉아 있다 없다 설하네

공허한 우주 끝은 헤아리지 못하지만
즉시에 깨달으면 오고 감이 자유로워
시공을 초월 한다 입으로는 자랑해도
색계에 되돌아오면 변함없는 그 자리

제2회 행시문학의 밤 행사(2016. 4.16~17/안산자연생태학습장)
오른쪽에서 세 번째 - **백상봉** 시인께서 특강

- 마음의 빈터 -

밤의 허전함
하루가 끝난 뒤엔
늘 그리움만

(유수 백재성)

流水 백재성 / 카페 닉네임 : 흐르는 물

한행문학 신인행시문학상 / 시인 등단
문학세대 시 부문 등단 / 광주문인협회 회원
시상문학 전라지회장 / 서은문학연구소
네이버 - 주먹행시 밴드 공동리더
2020 주먹행시 특별전 최우수작품상 수상

한국삼행시동호회

한국의 삼행시는
국민을 대표하여
삼천리 방방곡곡
행시를 자랑하는
시인들 모임으로
동서를 막론하고
호시절 경사이고
회춘의 봄이로다

광주 담양 번개
국립5.18민주묘지
(2019. 10)
오른쪽 끝이
백재성 시인

유수 백재성 193

행시 속에 세상 있다

행시 속엔 삶에 뜻과 철학이 살아있고
시 속에는 내 마음을 노래하고 있어라

속세에는 더불어 함께하는 우리 있고
에누리의 계산 속에는 경제 이익 있고

세상만을 탓하는 사람 속 게으름 있고
상상하는 마음속에 번뇌가 가득 하고

있을 때에 못하는 사람 세상 떠야 하고
다음 세대 이어갈 차세대 있어야 한다

- 인생 -

> 이 찰라 연속
> 순수 꿈 조각하는
> 간절한 기원

(流水 백재성)

주먹행시 특별전

백두산

백두산 그 장엄한 기를 이어받고
두만강 푸른 물은 흘러흘러 내려
산천을 적셔내니 천지가 봄의 색

벽계수

벽오동 심은 뜻을 세상 사람이 알리요만
계백 장군 황산벌 전투에서 피를 뿌리듯
수를 다하여 삶에 물 흐르는 과정이리라

별이 빛나는 밤

별처럼 빛나는 그대 눈 속에는
이슬이 영롱한 보석 빛 발하네

빛나는 눈동자 사랑을 머금고
나른한 일상을 나에게 전하니
느적댄 사랑의 세월이 아쉬워

밤마다 별 헤며 그대를 그리네

秋客 변희창 / 카페 닉네임 : 추객, 발발이

한행문학 신인행시문학상 / 시인 등단
대한민국 특수임무수행자회 서울지부 지회장
육군 준위 전역(30년 근무) / 항복사진 판독관
취미 : 사진촬영, 등산

삶의 지표

일하면서 찾은보람 허울좋은 구실인가
이심전심 펼쳐보니 자기만족 욕심일뿐
삼고초려 공들이며 한발한발 다가서며
사심없는 정성으로 오늘하루 살다보면
오매불망 일확천금 허황된꿈 없어질터
육십갑자 다하여도 이런이치 못버리고
칠흑같은 유혹속에 묻혀사는 못난인생
팔팔할때 정신차려 삶의지표 정의하여
구차한삶 살지말길 마음굳게 다짐하고
십시일반 서로도와 모두함께 행복하세

한행문학 3기 등단식(2010. 11/인사동 제주미항)
가운데 줄 구부리고 앉아도 키가 큰 사람 - **변희창** 시인

코스모스

가련한 모습으로 홀로핀 코스모스
나른한 꽃잎들을 바람이 흔들려니
다홍색 여덟꽃잎 제각기 춤을추내
라이카 카메라로 그모습 담으려니
마주친 꽃술속에 옛사랑 묻어있어
바로는 보지못해 슬며시 내려놓네
사랑은 떠났어도 꽃들은 피고지고
아련한 추억들을 자꾸만 보여주니
자그만 꽃잎속에 한없는 사랑얘기
차라리 눈을감고 슬며시 외면한다
카메라 화인더에 스며든 이야기는
타는듯 저려오는 통한의 세월인데
파고든 아픔일랑 바람이 가져갈까
하루해 지기전에 이감정 추스릴까

신선님 노는 곳

신선님 노는곳이 명승지 무릉도원
선녀들 내려와서 춤추며 놀다가는
님과나 같이와서 덩달아 춤을추며

노는데 마음빠져 어딘지 몰랐어라
는개비 품에안긴 여기가 무릉도원

곳고리 노래소리 고와서 무아지경

- 근심 -

번민의 주름
데굴데굴 굴러서
기껏 술잔 앞

(진농 서경봉)

眞農 서경봉 / 카페 닉네임 : 꿈꾸는탱자

진주농원 경영(유실수, 관상수, 약용수)
한행문학 신인행시문학상 / 시인 등단
제1회 전국 자연사랑 시화전 최우수상 수상(2011)
제1회 전국행시백일장 최고작품상 수상(2016)
2017 대한민국 주먹행시전 최우수작가상 수상

저서 : 꿈꾸는 탱자(행시집, 2014)
공저 : 행시 속에 숨쉬는 님(행시동인지 3호)
　　　 내 인생 행시에 담아(행시동인지 4호)
　　　 행시사랑 10인10색(행시집, 2018)
　　　 전국자연사랑시화전(행시 게재)

낮달

조릿대로 걸렸는가 구름 없는 저 하늘
각을 세워 위협하는 높은 산봉우리에
달님 하나 생겨나 어디 갈까 망설이네

겨울산

겨자 빛 노을이
차마 못 넘네

울지 마라 산새야
네 탓이 아닌 것을

산 그림자 밟고 선
내 발길만 더디다

능소화

능욕의 빛 칠월의 들뜬 열정
소리 없이 넘어온 유혹의 자태
화끈 달아오른 그 속내를 내가 모를까

허깨비

허기진 달빛에 흔들려
깨어난 새벽 어슴한 창에 어린
비칠대는 영혼의 춤사위

남해 번개를 마치고

부슬비에 젖는 바다
비가 아닌 어둠 탓에 떠나는 님

산국화 비틀대는 갯바위엔
꽃 향보다 진한 그대들 향기

송도에 부는 바람아
바다가 잠자거든 따라오너라

도려놓고 두고 온 고운 흔적
우리네 가슴 속 깃발로 날려다오

남해 번개 모임(2013. 11/부산 송도 해수욕장, 9명 참석)
혜린, 향기, 늘뫼·채향, 꿈꾸는탱자(+랑산, 은빛방울, 황금노을, 다음세대)

- 통일 -

작은 씨 심고
약속이나 한 듯이
꽃 피고 열매

(행우 서운례)

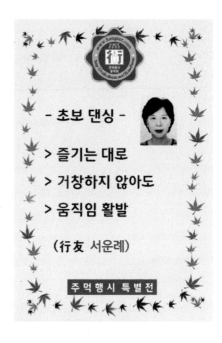

行友 서운례 / 카페 닉네임 : 행우 서운례

한행문학 신인행시문학상 / 시인 등단
주부 낙서 클럽에서 행시 습작
대한민국 주먹행시전 최우수작품상 수상(2018)

자유

평생 바라는
화염 속 뿌연 연기
는 것은 대립

어느 때 인가
디딤돌 놓이더니
서로가 양보

오래 묵은 때
나부터 씻고 보니
요 세상 살맛

2019 가을 정모(2019. 9. 15/인사동 청수장)
뒷 줄 왼쪽에서 세 번째 - **서운례** 시인

한국행시문학

한국문단 행시 마을
국민들의 정서 담은
행복 속에 담은 시운
시나 시조 마음대로
문예 창작 창조 예술
학구 열정 나래 펴다

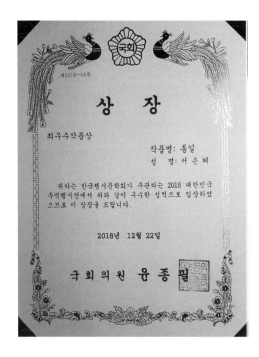

시골 풍경

시시콜콜 하는 이야기
골방에서 듣는 담소는
풍차 속에 담긴 바람에
경주라도 하나 천리길

- Coffee shop -

이따금 가네
디너를 먹고 나서
야경을 보며

(행우 서운례)

- 출사표 -

여자도 참여
의원 짓 못할 소냐
도토리 남녀

(행우 서운례)

- 노랑꽃 빨강열매 -

산에서 사네
수술 암술 사랑해
유익한 열매

(행우 서운례)

- 철새 -

지상의 낙원
하늘 아래 날갯짓
철 따라 이동

(행우 서운례)

고마운 당신

가는사람 오는사람 하고많은 사람중에
나혼자서 가는길에 함께해준 고운당신
다정스런 눈빛으로 사랑하는 믿음으로
라일락꽃 향기처럼 구석구석 채워주며
마음다해 시부모님 지극정성 봉양하고
바른생활 자녀교육 귀감으로 보여주니
사랑하는 우리가족 웃음꽃이 만발하네
아들둘에 공주하나 부모님과 우리부부
자그마치 일곱식구 뒷바라지 힘들텐데
차한잔의 향기속에 아름다운 얇은미소
카나리아 노래따라 푸른물결 저너머로
타오르는 태양처럼 사랑찾아 행복찾아
파란하늘 그아래서 당신하고 함께라면
하늘끝서 땅끝까지 천번만번 가오리다

柳泉 송채섭 / 카페 닉네임 : 바우

계간 한행문학(韓行文學) 표지의 제호를 쓴 서예작가
중어중문학 전공 / 한자 한문 지도사 / 서예 문인화 한국화
한행문학 신인행시문학상 / 시인 등단
2018 대한민국 주먹행시전 취우수상 수상
계간 한행문학 창간 10주년 특별상 수상(2020)

한 여름 밤의 추억

별들이 총총 여름 하늘 수놓는 밤이면
밤나무 그늘 아래 모깃불 피워 밀대방석 깔아놓고
의례히 어머이 무릎 베개 삼아 옛날 얘기 들었지

추워서 웅크린 몸 사르르 덮어주시던 삼베 이불
억수로 많은 별들 밤마다 헤아리던 그 추억 그 행복

울산 번개 2일차 새벽 해돋이 장면. **송채섭** 시인 직촬
(2016. 1. 23~24)

밀려오는 그리움

녹음 드리워진 나뭇가지 사이
온갖 잡새들 합창소리 아름답고

음침하긴 하지만 싱그러운 풀잎 향
코끝에서 마음까지 향기롭네

방울방울 맺힌 이슬 빨주노초파남보
무지개 빛 구슬처럼 영롱한데

초록으로 피어 있는 물안개 속
새벽 숲길 실바람도 쉬어가네

爲 六峰 庚寅 春 柳泉 '韓行文學' 위 육봉 경인 춘 유천 '한행문학'
2020년 봄에 창간한 국내 유일 행시문예지 **계간 한행문학**의 제호
'한행문학' 제호는 서예가 유천 **송채섭** 선생께서 써주셨습니다.
이 자리를 빌어서 거듭 감사의 말씀을 드립니다 – 편집자 註

화엄사

화려한 단청아래 나무아미 관셈보살
엄숙한 고요함에 목탁소리 청량한데
사찰을 감아도는 독경소리 우아하다

코로나가 극심하던 2020년 여름 정모는 무려 6차에 걸쳐
분산 개최했으며, 마스크 착용, 손 소독, 체온 측정, 방명록 작성 등
만반의 준비 하에 소수로 모였고 만찬은 도시락으로 해결
뒷줄부터 이광일 나영임 이정희 박은숙 백재성 정동희 **송채섭** 시인

석양빛 고운 날

석양이 서쪽에만 그려지는 불공평
양떼구름 우르르 쫓아오는 능선의
빛 고운 붉은빛 그림이 아름다웠다

고즈넉하게 찾아온 귀한 손님맞이를
운에 맞춰 한 줄 댓글 달듯 달았다오

날 보고 싶다던 그의 수줍은 한마디

계간 아띠문학 신인작가상(2011) / 계간 글벗문학 특별상(2014)
한행문학 신인행시문학상(2014)
월간 한울문학 신인작가상(2014)
국민일보 신춘문예 대상(2019)
제3회 전국행시백일장 최우수상(2018)

첫 시집 내 삶에 밑줄을 긋고(2016)

소박한 꿈 3월

소중해서
놓치고 갈 수 없는 그대이기에

박수 소리
그대에게나 줄 수 있는 선물

한번이라도
그대를 빼놓고 산 적 없어

꿈에라도
그대는 늘 수위에 있었어요

삼켜버린
침처럼 뱉을 수 없는 그대

월경하듯
담장 넘어 피어 오른 꽃봉오리

꽃 그늘 넓은 마당

꽃잎으로 그늘 만든
당신 멋져요

그때 분 바람결에
내린 꽃비에 젖어

늘어놓은 꽃잎 사이로
읽히는 사연

넓게 수 놓았었지요.
아름다웠어요

은색 달빛이
그대와 나를 감싸주며

마음은 풍선을 타고
데려간 그곳

당신은 오늘까지
동반자가 되어 곁에 있네요

눈 빛이 고와서

눈으로 말해도
알듯 하네요

빛이 따사로와
허리를 펴고

이슬 빛 노래에
파릇이 돋아

고개 숙인 얼굴
번지는 미소

와락 안아주는
너의 눈빛이

서릿발 시려도
끌어 안아요

미루나무 연가

미루면 안돼요
루머에 휩싸일 수 있어요
나만이 가진 꿈을
무늬도 너무 고운
연 잎에 고이 싸서
가만히 간직해요

구슬 신옥선 / 카페 닉네임 : 착한구슬

충북 제천에서 농업경영인
한행문학 동인
제천문협에서 시창작 수강
짧은행시특별전 고운글상 수상(2022)

내 안에 있는 너

내게 너는 나의 전부이다

안쓰러워 쳐다볼 수도 없는 너
에구 쥐면 깨어질까 놓으면 날아갈까

너 정말 내 속을 이리도 태울까

있는 듯 없는 듯
어미 속을 태우네

제천 블루베리 번개(2019. 6/현진농원)
김진환, 강경호, 손님1, 이재현, 김봉균, 장기숙, 이미경, 김민영, 박일소
앞줄 - 조호숙, 이상옥, 오순영, 정동희, **신옥선**, 박선미 시인, 손님2, 3

어버이 은혜

어느새 세월이
버겁게 지나가서
이 나이 되었네요

은혜로운 어버이날
혜택 받은 무궁한 사랑

그 사랑 어찌 갚으리오

무엇과도 바꿀 수 없는
한번 가고 아니 오시는
한 맺힌 부모님 은혜

그대 편지 한 구절

그대로 있었으면 좋겠네
대나무 숲처럼 파란 들

편지 하나 띄우기도 힘든 세월
지면에 쓰기 보다 핸드폰으로

한번에 말해 버리면 시원해

구구절절이 늘어 놓지 않아도 되고
절박한 심정을 말로 다하지

제천 청풍명월 번개(2016. 8. 6)/20명 참석
제천 **신옥선**, 정동희 회장, 홍혜경, 제천 조호숙, 동해 이상옥, 제천 이재현

네 꿈을 펼쳐라

그대의 꿈을 힘차게 응원합니다

가치를 키워가는
나만의 꿈으로서
다양한 방면으로
라인을 펼쳐가요
마음의 씨앗들이
바라는 이상향을
사고와 사색으로
아롱진 소망사항
자꾸만 다듬어서
차분히 꽃피워요
카드가 다양하게
타오른 열정들을
파이팅 외치면서
하늘에 띄웁니다

전국행시백일장 시상식(2018. 3. 24/청수장)
정동희 회장, 신철진, 부인 김대순, 오순영 시인

眞率 신철진 / 카페 닉네임 : 진솔

아시아문예 시 부문 등단(2017) / 아송문학 회원
한행문학 동인 / 가나다 시인
제3회 전국행시백일장 최우수상(2018)
선경일보 화요시단에 가나다행시 연재 중
하나로신문 독자한마당에 가나다행시 기고 중

저서 : 행복한 자전거(2012, 행시집)

성군 세종대왕

가없는 사랑으로 백성을 위하시고
나라는 다스리며 정성을 다하시어
다양한 정책들을 올바로 펼치시며
라인을 달리하는 의견도 수렴하여
마음을 다하시어 통치를 하셨지요
바르게 살피시고 선정을 펼치시며
사대부 독점하던 지식과 문화들을
아쉽게 지나치는 수많은 백성에게
자세히 알리고자 한글을 창제했죠
차후에 반박하는 상소문 올라오니
카랑한 음성으로 긴밀히 소통하셔
타이밍 적절하게 알맞게 잡으시고
파트너 아우르신 위대한 세종대왕
하늘이 점지하신 민족의 성군이라

으뜸 한글

가치가 뛰어나게 창안된 글자로서
나라의 문자로서 독창적 한글이니
다양한 표현들이 가능한 글자기에
라인을 따르면서 편하게 이용해요
마음을 나타내기 손쉬운 한글로서
바르게 숙지하고 올바로 사용하면
사람들 생각대로 표현이 수월하니
아무나 의사소통 정말로 편리하게
자신이 주장하는 생각을 나타내며
차분히 이용하니 기쁨이 넘쳐나요
카드가 적절하게 알맞게 구사하면
타인과 원활하게 소통이 이뤄지니
파트너 함께하며 편하게 사용하며
하하하 웃으면서 즐겁게 활용해요

장위공 서희 선생

가능한 방법으로 소손녕 설득하여
나라를 구해내신 장위공 서희선생
다투지 아니하고 절묘한 묘책으로
라이벌 설득하여 지켜낸 강동육주
마주친 거란군을 설복을 시켰지요
바라는 사항들을 실천한 호국정신
사신을 자청하여 출중한 능력으로
아무런 대책없던 고려를 구하시니
자국의 변천사를 상세히 설명하며
차분히 협상하여 위기를 타개했죠
카랑한 음성으로 담판을 벌이시어
타국의 위협에서 나라를 구하시어
파트너 설득시킨 삼촌설 격퇴전은
하나의 역사로서 우리의 자랑이라

행복

이슬비 풀잎 끝에 대롱대롱
별이 되어 반짝반짝

여름 하늘엔 엄마별 아빠별 아기별
행복한 속삭임이 소곤소곤

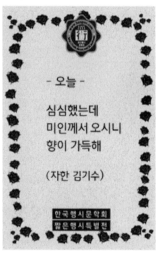

- 오늘 -

심심했는데
미인께서 오시니
향이 가득해

(자한 김기수)

한국행시문학회
짧은행시특별전

5-7-5 주먹행시 밴드에서
자한님의 환영행시

梨花 심미향 / 카페 닉네임 : 기분좋은날

한행문학 신인행시문학상 / 시인 등단
대한민국 주먹행시전 고운글상 수상(2022)

공저 : 한국삼행시동호회(행시동인지 창간호)
　　　행시 속에 세상 있다(행시동인지 2호)

그리움

박하향처럼 달콤한 사랑입니다
하지만 이룰 수 없기에
향기 머물고픈 그대 가슴이 더욱 그리워집니다

꽃소금

꽃보다 아름다운 당신이 있기에
소녀는 행복 합니다
금방 달려가 안기고 싶지만 가깝고도 먼 당신이 밉습니다

눈물 속에 피는 꽃

눈물 속에 비친 그대 얼굴
물방울 되어 내 가슴에 스미니

속내 비칠까 떨리는 이 마음
에이는 칼바람 같은 아픔이

피지도 못한 꽃처럼 멀어만 가네
는개비처럼 스치는 사랑이 아니라

꽃 향기 품은 영원한 사랑이고파

한국행시문학회 제9기 신인행시문학상 수상자 등단식 / 출판기념회
木蓮 박선미 · 梨花 심미향 · 星野 한범진 · 땅別 한병진
· 일시 : 2012년 3월 30일(금) 6시 · 장소 : 국방회관 동백홀

심미향 시인 등단식 현수막
(2012. 3 .국방회관 동백홀)

빛과 소금

빛과 소금이 되어 세상을 밝히시고
과거로부터 어둠의 세력을 물리치시며

소중한 육과 영을 정결케 하시니
금식하며 기도하는 거룩한 찬양을 드립니다

의림지

아침햇살이 머물고 바람이 쉬어가는 곳
카라멜처럼 달콤한 첫사랑이 보고픈 하얀 마음인데
시원한 물보라가 보석처럼 반짝이고
아카시아 꽃 향기에 내 마음을 담아 떠나가네

자연이 준 선물

자작나무 숲
연보라 햇살 가지마다 비추고
이만큼 아름드리 나무 나무

준령 능선에 늘어선 하얀 숲

선녀가 놀던 옹달샘 가에
물망초 꽃 참 곱다

최후의 만찬

➤ 최고로
➤ 후회 없을
➤ 의미 있는
➤ 만남을 지금부터
➤ 찬찬히 준비해야지

(제강 안상철)

製江 안상철 / 카페 닉네임 : 제강

한행문학 동인
강원 화천 출생
작사 작곡가 겸 가수
타이틀 곡 : '해피 브라보' '비를 맞고 걸었네' 등
짧은행시특별전 고운글상 수상(2022)

들국화 활짝 피고

들길
국화 꽃 향기 날리고
화사한 햇살 나뭇잎 비추네

활짝 핀 가을 장미 빨갛게 웃고
짝 잃은 외기러기 구름 아래 헤매는데

피고 지고 세월은 가을 깊이 접어 들고
고요한 정적은 산새가 깨우네

온난화

온전히 냅 둬
난개발 하지 말고
화상들아

눈이 쌓인 초가 지붕

눈 속에
이쁘게

쌓인 자국 헤치고
인내의 향기 피우며

초롬히
가히 고매토록

지고한 자태
붕설의 낙수 가에 핀 춘란이어라

초생달

초가 지붕 위에 뒹구는 하얀 박
생글생글 웃는 듯이 은은히 비추는
달빛 아래 그림 같은 고향의 밤 풍경

봄날의 작은 행복

봄볕 화사해
날씨 좋은 한낮
의당 노트 한 권 볼펜 한 자루

작은 가방에 넣어 둘러메고
은빛 꿈 가슴에 품고

행차하여 글 한 줄 얻자 하네
복이 있어 시 한 구 얻었으니 봄날의 행운이옵소

탄금대

탄탄대로 인생길
금상첨화 겹친 경사
대장부 가는 길에 거칠 것이 없도다

제강 안상철   231

- 날마다 -

☐ 목숨은 하나
☐ 요리조리 웃는 일
☐ 일평생 웃자

天地 안유섭 / 카페 닉네임 : 차도리

'웃음의 정의와 효능 연구' 논문으로 경영학석사
한국웃음치료연구소 운영
통증졸업학교 교장
한행문학 신인행시문학상 / 시인등단
짧은행시특별전 고운글상 수상(2022)

공저 : 행시 속에 숨쉬는 님(행시동인지 3호)
　　　내 인생 행시에 담아(행디동인지 4호)

통증졸업학교[1111형 퍼즐행시]

⬇ ⬇ ⬇ ⬇

☐ **통**행이 **통**하니 **통**쾌한 **통**증들
☐ **증**진에 **증**발한 **증**거들 **증**명해
☐ **졸**지에 **졸**업한 **졸**업장 **졸**업생
☐ **업**체와 **업**무해 **업**상승 **업**대상
☐ **학**점은 **학**사모 **학**교장 **학**원가
☐ **교**정할 **교**육학 **교**장백 **교**과서

하 하 하

웃음은 끊임없는 축복의 통로일세
고마운 눈물인가 감사의 마음일까

웃으며 살다 보니 얼굴은 피어나고
자신도 내 이웃도 활짝 핀 박장대소

제발

가을엔 버려지는 인생이 되지 말자
지남철 인생 되어 영원히 함께 가자

마음껏 사모하고 소중히 간직하자
오늘도 온 맘 다해 이 생명 다하도록

제각기 멀어져도 사랑은 뜨거운 것
발자국 소리만큼 반가운 내 사랑아

하늘

그리워져 보고 싶어 옛 생각만 깊어지고

너무나도 미치도록 미안하오 거기까지
머나먼 곳 하늘의 꽃 그 너머엔 언제 갈꼬

장마

우리 둘의 공간 속에 숨어 피는 사랑 향내
산소처럼 생명 같은 존재 속에 꽃은 피고

속사정을 들어보니 미래 향한 꿈이 같아

만날 때면 비 내려서 우산 속에 추억들이
남이 못 볼 느낌으로 가슴 타는 뜨거운 정

넘치도록

☐ 성공자로 만드는 새로운 걸 다짐하는 일
☐ 장소 불문 소복하게 전달하는데 기쁜 일
☐ 하하하 웃고 또 웃을 때 누리는 축복할 일
☐ 라인 따라 혈행 개선 피어나는 장수의 복

세월

설중매 피고지고 세월이 덧없구나
한세상 사는 것이 바람과 같을 지고
풍광에 씻기운 내 삶 색칠하면 어떨까

曉璘(혜린) 오순영 / 카페 닉네임 : 혜린(딸기)

명지대학교 졸업 / 마포신문사 주관 주부 백일장 시부문 장원
한행문학 신인행시문학상 / 시인 등단 / 한국문인협회 회원
2014 서울사회복지대회 봉사부문상 수상
제1회 전국행시백일장 특별공로상(2016) / 창간10주년 특별상(2020)
現. 한행문학 등단심사위원장 / 한국행시문학 카페지기

저서 : 채워지지 않은 내 모든 것들에 대하여1(2012, 행시집)
　　　 채워지지 않은 내 모든 것들에 대하여2(2020. 행시집)
공지 : 한국삼행시동호회(행시동인지 창간호)
　　　 행시 속에 세상 있다(행시동인지 2호)
　　　 행시 속에 숨쉬는 님(행시동인지 3호)
　　　 내 인생 행시에 담아(행시동인지 4호)
　　　 행시사랑 10인10색(2018, 행시집)

구름아

연한 빛 저 하늘에 한 조각 흰 구름 떼
무엇이 안타까워 무심을 가장하고
정 고픈 내 마음처럼 그리움을 달래나

강원도 평창 번개 캠프화이어(2014.5 / **오순영** 시인 별장에서)
김연성 오경일 이상옥 권창순 송채섭 나영임 조숙희 정동희

가을엔

가을엔 지병처럼 그리움에 목이 메이고
을밋한 산자락에 붉은 단풍 하늘 가득 적신다

속세의 아린 번뇌 무녀 되어 손을 흔들고

커다란 갈바람 버석이는 가슴 밟고 지나가면
피어난 갈꽃 한 송이 머언 먼 하늘로 날아 오르고
향기 없는 갈바람 윤기 없는 머리카락을 날리고 있다

용답문화강좌/2019.12.14~2020.1.4(용답동 용답나래)
강사 : 정동희, **오순영** 시인

어느 가을 사색

어느 날인가
느리게 온 바람은

가을을 살짝 창가에 놓고 간다
을씨년스럽게 야윈 햇살은

사방으로 흩어져
색조차 바래버린 여름 끝 자락을 만들고 있다

한행문학 제41기, 제42기 신인문학상 등단식

계간 한행문학 문예지	창간 10주년 기념행사
출판 > 혜린 제2행시집	六峰 7순 행시집 < 기념
◦ 2020. 8. 01(토) 오후 5시	◦ 장소 : 용답동 용답스테이지

혜린 **오순영** 시인 출판기념회(채워지지 않은 내 모든 것들에 대하여)
육봉 정동희 시인 출판기념회(행시야놀자 #10 이름행시집)
- 코로나가 한창이던 2020. 08. 01 / 용답스테이지에서 -

오늘은

오늘 지금 이 순간
나는 행복 하다고 생각하나

늘 좋았던 시절은
젊은 과거사에 불과 할 뿐

은발이 휘날림에
내 나이 칠십둘 오늘이 좋아

智星 왕영선 / 카페 닉네임 : 지성

국가공무원 정년 퇴직
한행문학 신인행시문학상 / 시인 등단
2021 주먹행시 특별전 고운글상 수상

밝은 달

밝은 달 떠있는 밤하늘
마음 흔들리고

은토끼
달 속 계수나무 신비로운 세계

달과 같이
밝은 세상을 살아보고 싶네

정모 기간에 마침 한행문학회장의 칠순이 겹쳤습니다
회원님들이 마련해 주신 케이크와 샴페인으로 잠시 축하 모드
오른쪽 끝에 계신 왕영선 시인도 나이가 같습니다
(2020 여름정모/용답스테이지에서)

아침 편지

아주 가끔은 세월의 길목에 서서
아침 햇살의 눈부신 빛 바라보며

침묵 속에서 헤매던 아픔 하나 둘
침대 밑에다 깔아서 누워버린다

편히 지낼 수 있다면 자리를 털고
편지 한 장에 내 아픔 허공에 날려

지난 세월의 아픔은 빛에 태우고
지금 내 가슴 속에는 밝은 빛 한줌

당신의 꽃

당신이 그리워
내 가슴에 피워온 꽃

신은 꽃을 만들 때
사랑이라는 단어를 붙여주고

의미를 부여하는
소중한 아름다움 그 중에서

꽃보다 당신이 소중 하기에
내 가슴에 품어 당신께 바칩니다

- 친정집 -

나직한 소리
들리는 그 순간에
이슬이 맺혀

(백합 이경자)

白合 이경자 / 카페 닉네임 : 백합

강원도 동해시 거주
한행문학 신인행시문학상 / 시인 등단
2017 대한민국 주먹행시전 최우수상 수상

언제나 그 자리

언저리 이리저리
낙엽 흩날리고

제비꽃 단아하던
오솔길 모퉁이

나른한 길손들
뱉어낸 세상사

그대로 보듬으며
반겨준 벤치

자연의 힐링으로
시름 내려놓고

리터치 하는 삶
희망이 익어간다

가을이 남긴 흔적

가을이 머물렀던 찬란한 그 자리에
을씨년 찬 바람에 스산함 몰아치니
이처럼 허무함이 자연의 순리인가

남방개 줄기들이 길손에 부대끼어
긴긴날 정들었던 푸르름 추억으로

흔연히 고운님은 깊은 잠 꿈을 꾸고
적막감 스며드는 계곡엔 물 소리뿐

울산 번개(2017. 4. 17~18/울산 태화강, 대왕암, 경주불국사)
정동희 홍혜경 박선미 김정한 **의경자** 김성분 송채섭 김철성

해신당

해맑은 모습으로 뜻 모를 미소 짖는
신당 속 애랑낭자 망부된 덕배 총각
당도리 넋이 되어 부서진 하얀 파도

* 당도리 : 바다로 다니는 목선

* 이 글은 2013. 10. 동해 번개 모임에서
  즉석 행시백일장 작품으로 쓴 글임

겨울바다 지방번개 제3탄 / 동해안
(2013. 2. 2~3. 동해 망상, 추암)

그리운 울 어머니

어머니 살았을 적 늘 하시던 말
느그들, 안살림이 야물어야 집안살림 단단하대이

가을 되어 찬바람 부니 더욱 생각나는 울 어머니
을싸한 갈바람이 가슴 속 휘저으니

사무치게 그립구나 살갑던 울 어머니
색푸른 가을 하늘 보며 눈물만 삼킨다

藝林 이경희 / 카페 닉네임 : 예림이

한행문학 신인행시문학상 / 시인 등단
동화작가(월간 아동문학 등단)
평택아동문학회장 역임 / 한국아동문학회 운영위원
색동어머니 동화구연가 / 박화목 문학상 수상
2019 대한민국 주먹행시전 최우수작품상 수상

저서 : 밝혀야 할 비밀(동화)
공저 : 行詩와 自由詩의 만남(2021, 행시집)

- 길 위의 인문학 -

길은 학교다
동서남북 걸으며
무척 배운다

(예림 이경희)

- 좋은 추억 -

누구에게나
리바이블 하고픈
호시절 있지

(예림 이경희)

코로나로 인해 10명 정도씩 분산 정모, 식사는 도시락으로
(2020 여름정모/용답스테이지)
뒷줄 왼쪽 끝 키가 큰 분. **이경희** 시인

유익한 독서

가치를 높여주는 독서를 즐기면서
나름의 가치관이 돈독해 지게되고
다양한 지식들을 갖추게 되더군요

라라라 즐거움을 책읽기 우선으로
마음을 살찌우니 지혜가 생겨나서
바라는 모든일들 차차로 이뤄져요

사교적 유머감각 독서로 습득하면
아동들 교우관계 원만히 잘되고요
자신감 생겨나서 학업에 도움돼죠
차차로 성취감도 생겨서 발전하고

카드가 다양하게 지식을 쌓으면서
타인과 어울리며 사회성 좋아지니
파워를 키워주는 기회가 되겠지요
하나씩 발전하여 만족한 생활해요

어느 부부 이야기

에그머니나 세상에~
돌덩이같이 무거운 발걸음으로
다 지쳐서 귀가 한 택배 아저씨

지금까지 저녁식사도 못했다네
친환경 밥상 차려놓고 기다리는 아내

그 정성과 함께 한 그릇 맛있게 뚝딱
리얼한 사랑 표시 아내 어깨 쓰다듬고
움트는 사랑 새록새록 피어나요

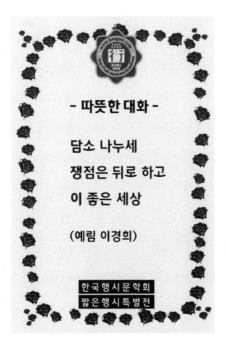

- 따뜻한 대화 -

담소 나누세
쟁점은 뒤로 하고
이 좋은 세상

(예림 이경희)

한국행시문학회
짧은행시특별전

삶

산 너머 산이 있고
사람 위 사람 있어

중천금 사내 약속
금보다 중하나니

턱없는
욕심 버리고
순수하게 살련다

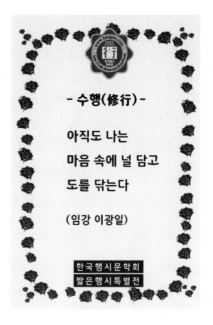

- 수행(修行) -

아직도 나는
마음 속에 널 담고
도를 닦는다

(임강 이광일)

한국행시문학회
짧은행시특별전

臨江 이광일 / 카페 닉네임 : 가로수

이얼쌴중국어학원 강사/삼두 인터내셔날 대표
現.WJ TRADING 해외사업본부장
한행문학 신인행시문학상 / 시인 등단
2018 대한민국 주먹행시전 최우수작가상 수상
계간 한행문학 창간 10주년 특별상 수상(2020)

- 사랑 -

알 듯 모를 듯
고정된 틀이 없어
파고 싶은 답

(임강 이광일)

계간 한행문학 창간 10주년기념 고급손목시계 100개 제작
(계간 한행문학은 2010. 5월에 창간)

♡ 臨江 이광일 님의 성원에 깊이 감사 드립니다 / 편집자 註

허욕

길지도 않은 인생
뭘 그리
바라는지

잡은 꿩 놓아 두고
나는 꿩
잡자 하니

이놈의 사람 욕심이란 게
끝이 없나
봅니다

여향(余香)

시간만
계속 가니
바싹 애만 타
늘어난 주름살

시들은
계화 꽃을
바라만 본다
늘그막 사춘기

덧없는 인생

창졸히
해가 간다
일일여삼추
속앓이만 했다

창 넘어
해가 진다
일장춘몽에
속고만 살았다

노인의 몫

어느 날 텔레비전이 아버지가 되고
인터넷이 만인의 스승이 되더니

일파만파 노인의 몫이 사라진다
인제 말 많음 꼰대, 말없음 잉여인간
가슴이 저며온다

德香 이 규 / 카페 닉네임 : 덕향

경남 고성 출생 / 미국 캘리포니아주 거주
미주총신대 목회학 박사/전 미주 총신대 교수
전 조지아주 어거스타 한인교회 담임목사
전 캘리포니아 옥스나드 한인교회 담임목사
한행문학 동인

위기 탈출

국가는 국민을 위해 존재하는 것
가정도 나라가 있음에 바로 서는 것
와르락 무너지기 전에 정신 차리고

국민은 서푼어치도 안 되는 인정에 휘둘리지 말고
민의를 제대로 파악한 위정자를 내세워
의로운 정치 바른 정치를 주문해야 한다

위기의식에 갇혀 있기 전에 거기서 벗어 나와
기적 같은 일이 일어나도록 발 벗고 뛰어야 한다

주의 계명

주의 말씀은 내 발에 등불, 내 길에 빛입니다
의지하고 전심으로 주를 찾았으니 지켜 주옵소서

계명을 준수하고 주의 말씀에 의지하오니
명멸하는 이 땅에서도 주만 의지하게 하소서

[시 119]

Merry Christmas &
Happy New Year

용감도 하여라
서로 껴안고 "메리 크리스마스, 해피 뉴 이얼"
와~우, 코로나19도 상관 없네

화사한 웃음과
해맑은 얼굴로 안부를 묻고 답하는
의좋은 모습은 보는 이도 즐겁게 한다

마음과 마음이 교통을 한다
음~ 이게 바로 "하늘엔 영광 땅에는 평화"일세

지구 해 별 달 [가로세로형 퍼즐행시]

지 구 해 별 달
구 르 는 이 밤
해 는 단 잠 에
별 이 잠 깰 차
달 밤 에 차 네

달산 이길수 / 카페 닉네임 : 내안의퍼즐

한행문학 신인행시문학상 / 시인 등단
퍼즐행시 연구가 / 그림행시 창시자
현존 최장 575행시 외 다수 작품 발표

저서 : 내안의퍼즐(행시집, 2006)
　　　 위대한 삼행시(행시집, 2011)
　　　 한글 탐험 퍼즐시의 세계(2014)
　　　 아름다운 인생 가로세로 같은 시(행시집, 2019)
　　　 위대한 한글 가로세로 같은 시(행시집, 2022)

공저 : 한국삼행시동호회(행시동인지 창간호)
　　　 행시 속에 세상 있다(행시동인지 2호)

생명의 비가 오네[가로세로형 퍼즐행시]

작은 생물들 소생
은총이 닿은 생명
생이 익은 기한의
물 닿은 물적 자비
들은 기적의 연가
소생한 자연이오
생명의 비가 오네

꽃향기 같은 마음[가로세로형 퍼즐행시]

임만 향한 난 꽃벌
만발한 번진 향이
향한 내일 정기 돼
한번 일생 벌 같네
난 진정 벌 같은 생
꽃향기 같은 마음
벌이 돼 네 생 음미

키스해도 될까요[가로세로형 퍼즐행시]

그 맛은 진한 쿠키

맛 좋은 한껏 키스

은은한 맛 진보해

진한 향 술보다도

한껏 진보 꿀맛 될

쿠키보다 맛 날까

키스해도 될까요

<남자 회원들만 찰칵> 뒷줄 4명 - 백하영, 청송, 랑산, 하얀불꽃
가운데 4명 - **내안의퍼즐**, 대감, 동탄, 스마일
앞줄 5명 - 청호, 담촌, 다음세대, 왕별, 감초 시인님
('행시 속에 세상 있다' 출판기념회/2010. 2. 6. 충무로)

네 미소가 고마워[가로세로형 퍼즐행시]

눈이 달면 신나네
이쁜 인상 나의 미
달인 양 곱게 웃소
면상 곱다 마음 가
신나게 마냥 뺏고
나의 웃음 뺏지 마
네 미소가 고마워

위대한 삼행시 출판기념회에서 저자 서명중

슬픔이여 안녕[가로세로형 퍼즐행시]

풀잎 위에 이슬
잎 위로 돌 슬픔
위로 받다 같이
에돌다 갈 이여
이슬 같이 피안
슬픔이여 안녕

祖國이여 山河여

조 바이든도 한걸음에 달려와 두 손 덥석
국가 위상 드러나 고쳐 세운 노둣돌
이제야 박차 가하며 말채찍을 날린다
여기는 동방의 아침, 해 뜨는 대한민국

산도 들도 푸르고 푸르기만 하여라
하늘 끝 저 높은 한라에서 백두산 상상봉
여여히 잠든 영웅들도 애국가를 부른다

休息 이대규 / 카페 닉네임 : 휴식
계간 수원문학 시부문 등단 / 시인
수원문인협회 회원 / e수원뉴스 시민기자
수원 문학인상 수상
한행문학 동인

첫만남

오랜만에 가져보네 번개팅 설렌 가슴
월초부터 기다려 온 일면식도 없는 우리

그렇게 만나기로 한 수원역 9번 출구

싱글벙글 눈 맞춤 수인사 도 좋아라
그리움을 풀어놓고 광교산문 함께 하니
러브 샷 폭포수 농원 신록 속의 별천지
움 트는 사랑의 노래 바람 향기 절창이다

내 마음의 여백

내일이 있다는 것 얼마나 큰 희망이냐

마음 자리 펴고 누워 하늘의 화폭 한 장
음풍농월 꽃 바람에 밑그림을 덧칠한다
의로운 자태로다 사임당님 웃으신다

여백의 미소 가득 꽃피우신 황금 국모
백세 청정 하늘 호수 가득가득 떠 있다

찔레꽃 연가

찔려 보았으면 참 좋겠네 아파도 좋아
레몬향 고혹하게 저려오는 그 사람
꽃마음 어찌 전할까 안달하는 이 마음

연 잎 위에 구르는 물방울만 같아서
가슴이 두근두근 뜬눈으로 새운 밤

닥터 지바고

닥닥 문질러도 그칠 줄을 모르네
터져라 곰보 돌로 쓸어내도 또 그래

지독한 고린내 풍겨나는 발바닥 때
바로 그런 자들 지금도 박혀 살지
고리타분한 소리 말라지만 누가 믿어

매화꽃 향기

매 순간 그리웠어 너라서 너였기에
화들짝 놀란가슴 너여서 그랬었어
꽃보다 더 고왔던 너와의 추억들은

향기로 곁에 남아 가슴에 꽃피우며
기억 속 봄날처럼 오늘도 향기롭다

睡蓮 이명례 / 카페 닉네임 : 수련

"가슴이 뛰는 한 나이는 없다"

한행문학 신인행시문학상 / 시인 등단
다음 카페 행시방에서 2015년부터 행시 활동
2019 대한민국 주먹행시전 최우수작품상 수상

공저 : 동아리 행시집 '행시야 노올자' 1집~3집

놓은 손 다시 잡고

놓쳐버린 시간은
은빛 찬란했던 순간들

손수레 밀어주며

다 함께 행복했던 시간
시큰한 기억들

잡은 것이 행복인 줄 몰랐어
고귀했던 나의 젊은 날들이

이명례 시인 등단식(2020. 10/용답스테이지)
앞줄 가운데 꽃다발 안고 있는 **이명례** 시인

그리움

하얗게 지새운 밤 너라는 이름 하나
늘보의 하루처럼 천천히 네게 가리
은하수 꽃피운 밤 별빛을 따라가서

태초의 모습으로 너에게 다가갈게
양면의 모습 아닌 순수한 그 시절로
과함도 모자람도 없었던 그 때처럼

연리지 나무 하나 가슴에 심어놓고
인연의 끄나풀을 엮어서 걸어두면

사랑의 꽃 한 송이 예쁘게 피어나서
이생의 인연으로 다음 생 기약할 때
인명은 재천이라 후회도 없으련만
가없는 너와 나는 오늘도 바라보네

봐오며 산 시간에 그리움 걸어두고

기억의 습작

기억에는 좋은 일 궂은 일들이
억수로 많다.
의미가 없었던 시간들도

습지에서 푸른 이끼가 자라듯
작은 행복들이 자랐었다…살다 보면
.
.
.

기분 좋은 일만 있겠는가
억지스러운 날도 있고
의미심장한 날도 있지

습작할 수 없는 게 삶이듯이
작은 일에 맘 두지 말고 행복만 하자…살아갈 날은…

봄날은 간다

봄은 어울림
날 새는 줄 모르고
은근한 정감

간드러진 추임새
다 무지개 꿈

虛空 이미경 / 카페 닉네임 : 허공

문학공간 시부문 등단(2017)
한행문학 동인
네이버 - '재미있는 주먹행시' 밴드 공동리더
2020 대한민국 주먹행시전 최우수상 수상

- 시린 사랑 -

고운 눈매에
마르지 않던 눈물
운명의 그날

(허공 이미경)

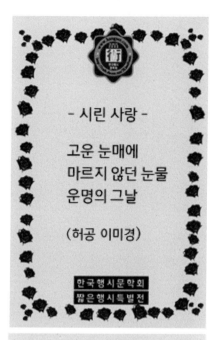

운명의 그날에 감춰진
상상의 세계를
독자의 몫으로 돌린
기법이 절묘하다
(랑산님께서 심사위원장으로
예전에 하셨던 작품평입니다)
- 2020. 4. 20 -

* 한행문학의 작품 심사는
  작가의 이름을 가린 채
  블라인드 방식으로 합니다

- 벚꽃 지던 날 -

가둔 슬픔이
벼루 먹물 빛으로
운다 비로소

(허공 이미경)

- 비 온 뒤 -

풀 냄새 맑은
꽃 웃음소리 반짝
은어 노닐고

(허공 이미경)

- 아! 가을 소리 -

산책로 어귀
부석부석 낙엽들
추위 품는다

(허공 이미경)

- 상사병 -

소슬 바람에
풍파 겪은 그 집 앞
길섶 붉은 꽃

(허공 이미경)

벚꽃 아래서

보드란 얼굴 빛에 미소 꽃 피어나면
조바심 알 턱 없는 그 사람 짙은 우물
개뚝 길 꽃바람 일렁 가슴 치는 소리만

용답동 상설전시장 참관 번개(2018. 12)
얼굴 보이는 6인 - 정동희 오순영 김철성 **이미경** 김선균 박은숙

내 고장 7월은

내 마음 깊은 곳에 살아 숨쉬는

고향의 푸근함은 행복의 샘터
장미향 가득한 찔레 덤풀 꽃 향기

칠월의 무더위 속 벼 이삭 패는 소리
월색이 교교할 때 풀벌레 우는 소리
은빛 인생 되어도 사무치게 그리워

幸運 이보희 / 카페 닉네임 : 행운

한국방송통신대학교 가정학과 / 일본학과 졸업
한행문학 신인행시문학상 / 시인 등단
2017 대한민국 주먹행시전 대상 수상

- 그리움 -

접어둔 사랑
시로 곱게 펼치니
꽃 같은 추 억

(행운 이보희)

- 인생길 -

사연이 많은
나그네의 소풍길
이것이 인생

(행운 이보희)

- 향기로운 삶 -

사랑 베풀면
은총 속에 살면서
품격이 달라

(행운 이보희)

- 봄 -

여기저기에
행복 주는 꽃들이
지천인 계절

(행운 이보희)

- 모성애 -

다함이 없이
정을 주신 어머니
한평생 헌신

(행운 이보희)

- 부성애 -

아끼는 가족
버팀목 되어주신
지극한 사랑

(행운 이보희)

- 가을의 소리 -

풀벌레들이
무료로 들려주는
치유의 음악

(행운 이보희)

- 한여름 -

장장 춘일은
미끄러지듯 지나
숲 이룬 여름

(행운 이보희)

- 화목和穆 -

한세상 잠깐
가족간 오순도순
위하며 살아

(행운 이보희)

- 지금 -

지금 이 순간
평생에 한번이니
선물 중 최고

(행운 이보희)

Daum 카페 한국삼행시동호회/한국행시문학 창립20주년 기념행시집

행시 입문

마침내
당당한 자세로
발표한다

/사는 방법/

거기
미로
줄 이은 먹잇감

(일엽 이복남)

한국행시문학회
짧은행시특별전

이 작품은 세상에서 제일 짧은 행시로서
한 주먹도 안 된다는 의미의 /반주먹행시/이며
다른 말로는 '3행 10글자 행시'입니다
각 행에는 몇 글자가 들어가도 무관하며
3행을 모두 합해서 10글자면 됩니다
이 점이 큰 장점이자 매력이라서 인기가 있지요
제목과 운, 본문 내에서 같은 단어 중복은 금지
(2021. 9. 정동희 시인이 처음 시작했습니다)
* **짧은행시특별전** 용답역2번출구에서 상설 전시중

일엽 이복남 / 카페 닉네임 : 일엽

계간 수원문학 시부문 등단 / 시인
수원문인협회 회원 / 한국문인협회 회원
경수문학포럼 회원 / 수원 문학인상 수상
수원다산인문학 독서연구회 회원
한행문학 동인

시집 : 천년의 숲
공저 : 꽃뫼에 시가 물 들다 外

그대 내 마음 깊은 곳에

그때 그일 곰곰이 생각해 보면
대화로 풀었다면 별일도 아닌 것을

내 의견만 일관되게 고집하여
마음 아파했을 당신의 모습
음으로 양으로 화해의 길 모색해 본다

깊은 아픔 보듬어 주리라는 다짐
은근슬쩍 만남의 손짓에 화답하며

곳곳에 아픔 뒤로하고 다가온 당신
에돌다 본 삶의 여정 그리움으로 남기고 싶습니다

어버이 은혜 그 무한한

어느 때나 보살펴 주시는 부모님
버거운 삶에도 용기 주셔서
이토록 힘든 세상 헤쳐 나왔다

은하수 쳐다보시며 다짐한 마음
혜안의 삶 샛별처럼 빛났다

그토록 믿어주시고 자상한 모습

무심한 자식들 변함없이 살피시고
한때도 잊지 않고 걱정 다하면서도
한없이 아픈 기억 지니셨다

4월에 부치는 연가

사월은 싱그러운 숲의 계절
월품에 나무 한 그루 심고 싶어
에둘러 수목원 찾는다

부푼 마음으로 매실나무 한 그루
치성 드려 퇴비걸음 밭둑에 심자
는개비 때마침 내린다

연가 함께 부르며 연한 매실주 한잔
가무를 즐길 날 멀지 않았네

골목길

골목에는 이웃간에 정이 오가고
목표 정해 집집마다 꽃길 만들면
길 따라 걷는 이웃 너도 나도 웃음꽃

교정의 가을

교교한 달빛보다 파아란 구중천에
정교히 걸린 흰 달 단풍에 취해버려
의연히 못 떠나고 아쉬움 달래누나

가던 길 멈춰 서서 정취를 만끽하니
을시에 나타나면 더욱더 빛나리라

知原 이복자 / 카페 닉네임 : 지원

교육학 박사 / 前. 세명대학교 중국어학과 교수
現. 서정대학교 교양학과 외국인 교수
한국 안중근의사 서예협회 초대작가
대한민국 문화예술진흥회 한울문학상
한행문학 신인행시문학상 / 시인 등단

저서 : 배꼽에 다시 탯줄 세우고(2004)
       대학중국어, 흔적 外 다수
공저 : 행시 속에 세상 있다(행시동인지 2호)
       내 인생 행시에 담아(행시동인지 4호)

고추잠자리

고렇게 쌍불 켜고 무엇을 찾고 있나
추풍에 하늘하늘 손 짓는 코스모스
잠시도 앉지 않고 유혹을 유발하니
자라목 코스모스 기린 목 되어버려
리듬에 흔들리는 날갯짓 안타깝다

묵향의 유혹

묵묵히 말 없어도 마음이 설레이고
향기가 풍겨오는 야생화 아니어도
의젓한 강심장을 스스르 녹아내는

유난히 빨려드는 행시의 바다에서
혹시나 그림자를 찾을까 헤매인다

하늘공원 억새풀

하이얀 은빛 물결 바람에 흔들리니
늘어진 솜털 꽃이 흩어져 살랑살랑
공지에 만들어진 지상의 최고 낙원
원앙새 연인들이 손잡고 멋진 포즈

억만년 지나서도 참사랑 변치말자
새털의 지킴 속에 맺어진 언약들을
풀잎에 대롱대롱 매달아 간직하네

한행문학 주관 제2회 전국행시백일장 시화전시회
(2017. 4. 4 ~ 6. 6 / 서울대학교 정문 옆 관악산공원 둘레길

어머니

가도로 양털 실을 뽑아내 물들여
나에게 어울리는 스웨터를 짜주셔서
다른 애들 못 입어본 예쁜 옷 입고
라라라 깡충깡충 노래 춤 흥이 났다
마음에 딱 드는 옷 지어서 입히시고
바지도 뒤집어서 새 걸로 만드시니
사람들이 손재주에 혀를 차며 감탄했다
아이들이 깰 세라 새벽 두부 앗으시고
자진해 결혼환갑 한복을 맡아 하시고
차가운 온돌방을 나무로 뜨끈뜨끈
카메라 담지 못해 한이 된 엄마 모습
타향에 혈혈단신 오셔서 외로운 길
파아란 곡절인생 사시다 가시었다
하늘의 천당에서 평안히 사시소서

소중한 당신

소박한 바람으로 손잡고 마음 열어
중용 글 빌려 써서 무언 속 전한 사랑
한없이 아껴주며 소원을 이루도록

당연히 격려응원 언제나 처음처럼
신통력 기운발산 무한정 감싸 주리

靑岩 이상옥 / 카페 닉네임 : 청암

국가공무원 정년퇴직 / 상담심리학 전공 / 성균관 典人(전인)
(사)한국역리학회 . 한국역술인협회 중앙회이사
대한민국 역학 대명인증 / 성명학 대명인증 / 작명사 1급
한행문학 신인행시문학상 / 시인 등단
제1회 전국행시백일장 최고작품상 수상(2016)

공저 : 행시사랑 10인10색(2018, 행시집)

지금 현재(Here & Now)

지극한 열정으로 심신을 수양하고
금자탑 쌓은 경륜 인생사 귀한 보물

현명한 지혜 발휘 희망의 등불 밝혀
재미에 흠뻑 젖은 행복한 오늘 하루

제천 블루베리 번개(2019. 7/현진농원, 18명 참석)
뒷줄 – 제미니, 수지, 소파
앞줄 – 착한구슬, **청암**, 현진농원 변진섭 님

인생 삼락(三樂)

첫째 부모님이 살아 계신다면 즐거움 중 으뜸
둘째 형제들 모두 탈없이 잘 살아가는 일
셋째 하늘을 우러러 한 점 부끄러워 할 것 없는 것과
영제를 얻어 교육하여 세상에 도움이 되는
보람된 일하는 즐거움

인간은 무엇인가 좋은 맘 씨앗 안고
생존의 본능대로 생동감 나타내려
삼계를 동고동락 어울려 즐거웁게
락천적 생각 담아 삶의 멋 행복 아름

당신 생각에

마주친 눈빛
음률에 파도타기
이것이 사랑

허무한 인생
전생을 무념무상
해마다 동심

내가 좋아서
마침내 찾아오니
음악 한 곡을

아직도 몽롱
시름을 달래면서
나 홀로 울렁

내 안에 너와
마주보는 눈빛이
음률과 사랑

너와나 짝꿍
에로틱 로맨스로
게으른 낭만

내가 좋아서
마주보는 눈빛 사랑
음률 실어 뿅

두리번 찾아
둥지를 만들어서
실질적 행복

봄 나들이

봄 햇살
따사로운 날

나비
한 마리

들로 산으로
가

이슬
한 모금

安山 이수연 / 카페 닉네임 : 단행본

안산에서 영어수학학원 운영
한행문학 동인
고교시절 문학소녀 모임에서 공동 시집 발간
제2회 전국 행시백일장 고운글상 수상(2017)

까치밥 홍시

까마득한 하늘 가
치솟은 가지 끝
밥으로 남겨진

홍시 하나 그리고
시린 새 발자국

조일규 조숙희 이상옥 오순영 장석자 **이수연** 김진회 시인
(2015. 10 가을 정모/ 용사의집 연회실)

쓰싹쓰싹쓰싹

쓰싹쓰싹
먼저 간 영감 상 올릴
쇠고기 썰고

싹쓰싹쓰싹
귀향길 힘 들었을
아들넘
편육 썰고

쓰싹쓰싹
밤톨같이 귀한
손자넘
문어다리 썰고

싹쓰싹쓰싹
시댁서 고생한
고운 딸 줄
떡국 썰고

쓰싹쓰싹
명절 오전 처가 온
사위 줄
조기 칼집 내고

싹쓰싹쓰싹
에미야……
이거 치워라

저수지

저물도록 그대 모습 그리워한다
수없이 그대 이름 불러본다
지울 수 없는 그대 품고 산다

청풍명월 번개(2018.7. 제천 청풍명월 계곡)
뒷줄 오른쪽 끝 선글라스 쓴 사람 · **단행본**님

가을비

가버린 시간들이 비가 되어 내린다
을씨년스런 바람이 마음을 흔드는데
비 오는 길모퉁이서 서성이는 그리움

末人 이영경 / 카페 닉네임 : 미친시인, 말인

한행문학 동인 / 색소폰 동호회 풍각당 활동(테너)
1969 문정문학회 동인, 1972 한국낙서회 동인
1973 한국일보 엽편소설 당선 / 전국낙서인대회 대상
대한민국 주먹행시전 최우수상 수상(2018)
네이버 - '재미있는 주먹행시' 밴드 공동리더

새 아침

새벽을 차고 이는 장엄한 태양이여
아집과 편견 어린 속민들의 맘을 녹여
침잠된 인간의 참정 다시 끓게 하소서

3대 거짓말

본전도 안 된다는 장사꾼의 거짓말
전생을 처녀로 살겠다는 아가씨
집 나가 죽어버리겠다는 노인네들 넋두리

- 취미 -

글로 만드는
장난스런 문장에
난 재미 만끽

(말인 이영경)

- 그 놈 -

내 삶의 보배
친구된 지 육십 년
구수한 입담

(말인 이영경)

- 버스킹 -

길거리 한 판
연주하는 장소는
주로 한강변

(말인 이영경)

- 빽 좋아 -

큰집 살다가
비선 권력 덕 입어
가석방 출소

(말인 이영경)

- 주먹행시 매력 -

한 줄의 행시
평생 즐길 수 있는
생의 활력소

(말인 이영경)

- 산다는 것 -

인간의 한 삶
생명 다 할 때까지
고뇌와 번민

(말인 이영경)

- 만취 -

옛 님 떠난 날
정녕 서럽던 그 밤
취하고 취해

(말인 이영경)

- 봄비 -

꽃잎 떨어진
질척한 포도 위를
때리는 빗물

(말인 이영경)

준비 없는 이별

억겁의 인연
새록새록 꽃핀다

그 고귀한 인연

꽃 길만 걷자 하던
다정한 임
운명적인 이별

松花 이옥련 / 카페 닉네임 : 송화

한행문학 신인행시문학상 / 시인 등단
2021 주먹행시 특별전 고운글상 수상

길 잃은 꽃 나비

동동주 한잔 두 잔
백주白晝에 취하고픈
꽃 나비 세상아

붉어진 얼굴
은근히 임 기다리고

사르르 휘어 감는
연리지 봄날은 간다

보고픈 당신에게

부네요
치유 될 수 없는
지나친 바람이

못 견디게
한없이 보고파 하면서

편지 한 통 썼는데
지금 보니 주소가 없네요

항상 내 안에 그대여

가슴이 너무 아파 할 말을 잃었어요
나만이 그런가요 당신도 그런가요
다정한 목소리로 내 이름 불러봐요
라랄라 콧노래가 더없이 그리워요
마음이 오늘따라 안정이 안되네요
바보라 그런가요 울보라 그런가요
사르르 녹아 내린 봄눈이 말하네요
아직도 그 사랑은 그대로 남아 있어
자세히 귀 기울여 속삭임 듣습니다
차분히 기다리면 언젠간 만나겠죠
카페에 홀로 앉아 애꿎은 한숨 소리
타는 게 가슴이라 애간장 녹습니다
파헤친 가슴 안에 그리움 낚시바늘
하룻길 지탱하며 당신 곁 머뭅니다

가을 편지

구절초 곱게 핀 오솔길 가을 타는 나그네
하얀 억새꽃 물결 사이로 해는 저무는데
소박한 소식 한 장, 정 한 줌, 그리움 한 쪽
서녘 하늘 노을 강에 고이 접어 띄워 보낸다

月花 이월화 / 카페 닉네임 : 월화

한행문학 신인행시문학상 / 시인 등단
前. 어린이집 교사
효행상 수상 2회(1997년 국회의원, 1998년 교육청장)

꽃사랑

동심이 살랑이는 봄의 들판엔
고운 꽃잎들이 봄볕에 반짝이고

백지처럼 순결한 봄꽃들의
개화는 두근두근 첫사랑의
가슴 떨림으로

꽃으로서만이
그대를 부를 수 있는
쉬 다가갈 수 없는 그대 곁인지라

붉게 물든 동백꽃 내 진한 순정만
지켜보게 하리라

은하수 강 반짝 별빛에
내 마음 곱게 엮어 보내리라

사랑은 어느새 달달한 꽃술이 되어
거나히 취하게 하고

연심도 꽃 향기 멀미에 혼미해지는
춘절은 아름다워

바닷가 풍경

따개비 다슬기들 붙어서 사는 갯가
스며든 바닷물에 바위 섬 빠져들고
한적한 바닷가의 풍경은 자유로워

너스레 떠는 게들 갯벌은 활기차네
의 좋은 새우 부부 백 년을 해로하고

기억도 할 수 없는 수 많은 세월 속에
억장도 무너뜨린 파도의 외침 소리

가는 임 보내고

가는 해 아쉽게도 그리 떠나려 하네
는개비 서러워 서러워 눈물짓고

임 가신 발자국에 새겨진 곱다란 미련

보석처럼 반짝이는 기억 기억들이 아파서
내 안에 그대 숨결 진정 떠나 보낼 수 없는데
고독한 사슴 한 마리 12월 세모 안고 갈무리

봉선화

봉선화 꽃잎 따다
손톱에 물들이고

선생님 기다리며
하늘을 쳐다보며

화려한 금의환향
손꼽아 기다리네

多石 이재현 / 카페 닉네임 : 항정바우

한국철도공사 명퇴(사무1급)
철도문화 해설사
現. 제천시 주민참여 예산위원 / 예산연구회 위원
한행문학 신인행시문학상 / 시인 등단
2022 짧은행시특별전 고운글상 수상

폭염주의보

폭포수 찾아가는 길 힘들어
염소전골 소주 한잔 최고지
주소 찍고 가는 길이 짜증 길
의복이 필요 없는 안방 피서
보쌈에 새우젓 발라 더위 끝

제천 청풍명월 번개(2016. 8.6/청풍명월 계곡에서
검은색 모자에 선글라스 쓰고 가운데 위치한 **이재현**시인

다석 이재현　309

열하일기

열을 받은 기후 신이
인간들을 벌 주는가

하루 건너 폭염 경보
천둥 번개 집중 호우

일복 많은 사람들은
열 받아서 못 산다네

기후 변덕 누가 막나
우리 모두 책임이다

양반전

양손에 권력과 돈줄을 쥐고
반드시 내 아니면 안 된다고
전권을 휘두르니 나라 흔들

하늘 바라기

은총으로 받은 하늘나라
사치한 것 모두 떨쳐내고
시원하게 한바탕 웃고 나니
나부끼는 잎새도 웃어주네
무엇 하나 부럽지 않은 세상

잎새 이정희 / 카페 닉네임 : 잎새

가평문화원 백일장 장원(1984)
Western Photographers(한국사진작가협회 미국지사)
LA 한국화 10인전 출품(2006-2007)
한행문학 신인행시문학상 / 시인 등단
제4회 전국행시백일장 금상 수상(2019)

공저 : 행시사랑 10인10색(2018)

겨울 나무의 노래

그 해 겨울 진실한 너를 볼 수 있었다
그 앙상한 아름다움 사방이 온통 너로 가득했다

그토록 뜨거운 태양에도
그토록 매서운 추위에도
그저 묵묵히 견디는 서러운 아름다움을 비로소 볼 수 있었다

그 견고한 뿌리를 박차고 하늘 나는 꿈을 가진들
그 누가 뭐라 하겠느냐
그 교교한 달과 사랑에 빠진들 누가 뭐라 하겠느냐
그리도 기다리던 눈이 살포시 감싸면 맘껏 설레여라

그런 너의 꿈을 안고 이 밤 잠을 청한다

눈, 코, 입, 그리고

눈은 보이는 것 그 너머를 보고
코는 악취가 풍기면 걸음을 삼가고
입은 결 고운 말을 하도록 하며
귀는 주변 신음과 내면의 소리를 듣고
손은 거래 없는 진실과 악수를 하며
발은 물안개 피는 새벽 강가를 찾는다

행시사랑 10인10색 출판기념회
(2018. 3. 24/종로3가 청수장 연회실)
오른쪽에서 두 번째. **의정희** 시인

돌아갈 수 없는

그 때로 다시 돌아갈 수만 있다면
대답 없는 지난 날들

편지를 썼다 구겼다 방에 세월이 널브러져 있다
지루한 일상이 거미줄에 걸려 꿈틀댄다

한여름 밤의 꿈을 꾼 듯

구월의 하늘은 언제나 그립고
절실한 기도는 더욱 그립다

2019년 봄 정모
(자연별곡 서울대점 연회실)
중앙에 흰색 자켓에 검은색 숄 두른 사람. **이정희** 시인

예테보리

예쁜 하늘 깊은 숲 아름다운 도시
테이블마다 들꽃 한 송이로 멋을 부린 조그만 카페
보석 같은 화려함은 없지만
리얼하고 소박한 북유럽 삶을 그대로 간직한 너, 아름답다

石香 임만재 / 카페 닉네임 : 석향

국가공무원 정년퇴직
前. LIG 방산특수영업팀장
現. SAAB 한국지사 부사장
한행문학 신인행시문학상 / 시인 등단
제3회 자연사랑시화전행시 은상 수상(2013)

공저 : 내 인생 행시에 담아(행시동인지 4호)

시월의 어느 날

시리도록 눈부신 밤하늘
월하에 청량한 풀벌레 소리
의란 만들며 일렁이는 단풍잎

어느새 창밖에 소슬바람 다가오고
느실느실 코스모스 제 모습에 취하는
날마다 오늘만 같아라 시월의 어느 날처럼

한행문학 제12기 등단식/**임만재** 시인 등단
(2012. 11. 용사의집 목련실)

고향 생각

고향! 언제 불러도 아련한 그리움
향수와 추억, 어릴 적 기억들을

생생하게 기억나게 해주는 당신
각설탕 같이 달콤한 그대 이름. 고향!

파리에서

파란 하늘 위로 높이 선 에펠

리옹 아비뇽을 포함해 세계 문화유산을 대표하는 파리!

에비앙 생수 한 병 사들고 다음 코스

서둘러 노트르담 개선문 샹제리제로 하루 여행길 마무리

한행문학 제12기 등단식(2012. 11, 용사의집 목련실)
오순영 최기상 심사위원장 정동희 회장 곽옥성 민경희 **임만재** 시인

Daum 카페 한국삼행시동호회/한국행시문학 창립20주년 기념행시집

호연지기(浩然之氣)

호혜互惠의 틀에서 주어진 삶일까
연명延命은 탄생된 인간들 가치관
지고至高한 우리는 선택된 영장류
기운氣運을 적절히 받들인 참인생

東灘 임성택 / 닉네임 : 스자폰, 동탄

한행문학 동인
한행문학 제1기~8기 등단심사위원장
유진문학 초대작가회장
시서문학 작가회 동인회장
그림과 악기에 취미

공저 : 행시 속에 세상 있다(행시동인지 2호)

댓돌 위에 하얀고무신

댓돌 위에 하얀 고무신
돌부처를 모셔 논 사당

위로는 대청 마루 밑에
에이는 돌바닥 찬 기운

하얀 신발은 말이 없다
얀스런 주인 할배 만나
고달픈 생을 함께 하고
무상 세월 원망은 하늘
신발로 마감 생애 한탄

미술대회 입선작
(임성택 시인 그림)

크리스마스

크디 큰 썰매를 타고 오신 산타 할아버지
리본 단 노란색 왕방울 탄일종 땡땡 소리
스키 썰매 몰고 온 순록들의 씩씩한 모습
마침내 선물 싣고 우리 곁으로 다가 왔다
스스로는 하늘천사라고 자랑 여간아니다

을지로 번개 모임에서(2008. 6. 26)
뒷줄 - 송정, 우리두리, **동탄**님, 불휘, 대감, 다솔감초
앞줄 - 향기, 다음세대, 스마일, 은하수 시인

삼사오행시

삼천리 반도 금수강산
사방에 펼친 팔도강산
오월을 뒤로 유월강산
행복에 물든 화려강산
시국이 슬픈 반도강산

* 임성택 시인 그림

- Leonard Bernstein -

바다 가에서 내 청춘아

바다로 추억 찾아 가련다
다시는 못 올 꿈을 엮으려

가버린 세월 푸른 청춘아
에로스 화살 맞은 가슴에
서러운 파도 자꾸 우는데

내 젊음 던져 버린 파도여

청춘의 꿈을 꾸던 시절아
춘풍에 사랑 엮던 젊음아
아련한 추억 속의 꿈이여

白火 장병찬 / 카페 닉네임 : 하얀불꽃

경희대 경영학과 / 연세대학교 대학원 졸업
前. 전세교역 대표 / 세한영화㈜ / 대한극장 이사
한국문인협회 회원
자유문예 등단 시인 / 자유문예작가협회 부회장
한행문학 동인 / 한행문학 제1기 등단심사위원장

저서 : 그곳에 내가 있었네. 풀지 못한 이야기 外
공저 : 행시 속에 세상 있다(행시동인지 2호)

그대의 미소로다

그리움이 모여서 강물을 이루어 바다가 되듯이
대추귓볼 어여쁜 그 모습 못 잊어 그리움 쌓이네
의초로운 한 떨기 해맑은 들국화 그 모습 그 향기

미운 정이 쌓이고 쌓여서 못 잊을 기다림 되었네
소슬바람 가만히 불어와 고요한 이 가슴 울리니
로렐라이 구슬픈 이야기 가을밤 별빛이 되었네
다문다문 보고픈 그리운 그 사람 당신의 향기를

한국 문학계의 거두 고은(高銀) 시인과 흥겨운 한때
고은 시인, **장병찬** 시인

유행가처럼

유채꽃 노란 향기에 젖어 노래하는 봄 나라 파랑새야
행여나 네가 나르는 어느 창가에서 편지를 쓰고 있을
가녀린 미소 머금은 눈빛 아름다운 소녀를 만나거든
처량한 달빛 속에서 먼먼 옛사랑의 추억을 떠올리며
럼주 잔 들고 아직도 너를 찾는 이가 있다고 전해주게

<남자 회원들만 찰칵> 뒷줄 4명 - 백하영, 청송, 랑산, **하얀불꽃**
가운데 4명 - 내안의퍼즐, 대감, 동탄, 스마일
앞줄 5명 - 청호, 담촌, 다음세대, 왕별, 감초 시인님
('행시 속에 세상 있다' 출판기념회/2010. 2. 6. 충무로)

도서출판 한행문학

도도히 흘러가는 혼불의 한강수가 있었기에
서울을 수도 삼은 한국이 세계 속에 우뚝 섰네
출발성 우렁차게 울리며 한행문학 태동한다
판소리 구성지게 판 벌려 한행 탄생 경축하리

한마당 잔치로다 거룩한 한삼동의 경사로다
행시의 발전 위한 뜨거운 심장 박동 고동친다
문학에 혼을 심고 행시에 인생 걸고 전진하리
학행을 갈고 닦고 칼 갈아 한행문학 빛내리라

자화상

빼어난 얼굴에
빼어난 몸매로
로즈 향 바른 나

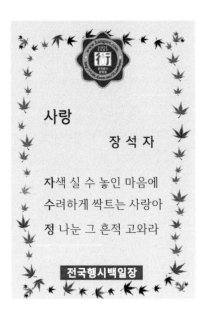

사랑

장 석 자

자색 실 수 놓인 마음에
수려하게 싹트는 사랑아
정 나눈 그 흔적 고와라

전국행시백일장

靈仁 장석자 / 카페 닉네임 : 은하수

한행문학 신인행시문학상 / 시인 등단
짧은행시특별전 고운글상 수상(2022)

공저 : 행시 속에 세상 있다(행시동인지 2호)

시인 등단 했더니

어머나! 이럴 수가!
리라꽃 만발 향기 진동에
둥근 달 반짝 별 햇님까지 다 보이는
절묘하고 근사한 내 집이 생겼어요~

* 한국행시문학 등단 시인에게는
  평생 전용 방 '사이버 저택'이 생깁니다

한행문학 제1기 등단식(2010.4.30/인사동 제주미항)
뒷줄 9명 – 참소중한나, 바우, 정거사, 샛별, 스마일, 랑산, 백하영, 손님1, 2
가운데 구부린 사람 – 담촌, 불휘, 감초, 왕별, 눈님, 대감, 향기, 혜린, 청호
앞줄 7명 – 포아이, 유리, **은하수**, 다음세대, 공주, 은빛방울, 권철구 시인

우리 서로 사랑

한약재료 정성 달인 은은한정 마셔가며
삼겹줄로 맺은 인연 사랑으로 승화시켜
동그랗게 마음 모아 진액 쏟는 우리 님들

만여 가지 갈등 일어 혹이 행여 맘 상할까
만져주고 다독이며 삶의 의미 함께 나눠
세워 서로 관심 둘 때 한삼동은 영원하리

한국삼행시동호회 활동우수자 금배지 시상식(2012. 9. 21 용사의집)
소담, 공주, 들꽃, **은하수**, 한행문학회장, 혜린, 랑산, 중전, 태공 시인님

태산을 넘어 협곡에 가도

태양을 바라보자 어둡고 힘들 때에
산 위도 올라보자 낙망해 지칠 때도
을왕리 해변가도 가끔은 찾아가서

넘실댄 바닷물에 상한 맘 풀어내고
어질고 곧은 생각 진리로 꽉 채워서

험악한 이세상의 미련도 청산하고
곡예사 넘나들던 인생사 정리하여
에이듯 쓰린 맘도 인내로 삼켜내고

가없는 사랑 따라 내 삶을 투자할 때
도무지 막힘 없는 순탄한 인생 항로

한국삼행시동호회 활동우수자 8명에게 수여할 1돈중 순금배지
(2012. 9. 21. 한국행시문학회장 기증) * 지금은 개인 부담임

부산 갈매기 횟집

부산에 번개 여니 반가운 님의 얼굴
산에는 만산홍엽 사계 중 좋은 계절
갈 때는 너도나도 뿔뿔이 헤어져도
매사에 어지러움 이 순간 행복하오
기어코 잡은 손을 어이해 놓을 손가
횟감에 소주 한 잔 얼큰한 회포 풀고
집으로 가기 전에 친화를 도모하네

* 2013. 11 부산 송도해수욕장 '남해 번개'
  즉석행시백일장에서

東林 장영자 / 카페 닉네임 : 은빛방울

前 청소년 상담교사 / 노인대학 강사
전국독후감발표회 특선 수상(1984, 부산시 교육청)
부산광역시 교육청 중등과 진로교육 봉사경력 20년
한행문학 신인행시문학상 / 시인 등단
제3회 전국행시백일장 금상 수상(2018)

공저 : 행시 속에 세상 있다(행시동인지 2호)
       행시 속에 쉼쉬는 님(행시동인지 3호)
       行詩와 自由詩의 만남(2021, 행시집)

- 그리움 -

한 많은 대화
가득 맺힌 눈망울
위로와 나눔

(동림 장영자)

울산 번개(2016. 7. 23~24)
유영종, 정동희, **장영자**, 김정한, 최기상, 홍혜경 시인님

행복 가득한 둥지

행로의 여정 길이
순탄치 않았어도

복 짓는 마음으로
덕행을 쌓으면서

가슴에 맺힌 눈물
하나씩 버렸었네

득과 실 세상 속을
무난히 걸으면서

한 세월 오르막길
미소로 응답했네

둥지 꽃 우리 분신
미래를 기원하며

지극한 마음으로
행복을 빌었었지

전국 독후감발표회 특선 수상
(1984. 11. 부산시 교육청)

전국행시백일장 금상 수상 축하
(2018. 3. 24 종로3가 청수장 연회실)

고통은 성숙의 선물

고통은 나를 위한 성숙의 선물이요
통곡의 아픔 없는 여정은 맛이 없어
은하수 내리는 밤 하늘을 한번 봐요

성자의 자리마다 심오함 파고 들고
숙성한 마음 자리 별 같이 빛을 내며
의롭게 못 살아도 감사가 넘쳐나고

선택된 삶 속에서 온 정성 쏟았기에
물 같이 흐른 세월 빈 가슴 안고 가오

울산 번개 만찬/김정한 시인께서 식사 협찬(2016. 7. 23~24)

/흥겨운 날/

봄
소소한 행복
풍요로워

* 한 주먹도 안 된다는 의미에서
/반주먹행시/로 이름을 붙였으며,
3행 10글자의 세상에서 제일 짧은 행시입니다.
운을 맞춘 상태에서, 본문 전체가 10글자가 된다면
각 행에 몇 글자가 들어가든 상관이 없으며
작가의 무한한 창의력과 잠재력이 두드러집니다.

明珠 전병두 / 카페 닉네임 : 명주
한국행시문학 신인행시문학상 / 시인 등단
짧은행시특별전 고운글상 수상(2022)

/수줍고 부끄러워/

살짝
구경한 봄
꽃 향 남겨

* 살구꽃말 - 처녀의 수줍음

/스마트폰/

필요한
수단
품격 안 따져

/기뻐도 슬퍼도/

눈언저리
물씬
샘 솟구쳐

/노랑나비/

춤사위
추임새
고운 나래

미워하지 말아요

미운 정 고운 정
워낙 쌓인 게 많은 세월
하염없이 녹아 내리는데
지금 와서 생각해보니

말로 다 표현 못하는
아쉬운 설움 슬픔 분노
요만큼 남김없이 털어내리라

영원한 친구

늘 함께

벗처럼 지켜준 그대여
이젠 별빛이 되어

되돌아 나를 지켜주는구나
어차피 내 마음 안에 같이 하면서

야속한 세월

야속하다
세월을 탓하랴

속된 욕망
다 부질없는 허상일세

한 많은 세상살이
나에게 주어진 운명이라네

세월 따라 흘러가는
구름이나 강물처럼 사라져 가도

月夜 무수히 반짝이는 별들은
변함없이 영원토록 머물지 아니한가

行詩를 만나

그날 이후로

벗꽃 향 진해지고
꽃무릇 붉다
나목에 깃든 생명
무척 푸르러

그 만의 사랑으로
늘 다가온다

- 단풍철 -

> 가없는 하늘
> 을러멘 배낭 위로
> 산이 물든다

(六峰 정동희)

주먹행시 특별전

六峰 정동희 / 카페 닉네임 : 다음세대

경기대학교 대학원 석사과정 수료/예비역 육군 대령
월간 한울문학 시 부문 등단/한국문인협회 정회원
한국행시문학회장/도서출판 한행문학 대표/계간 한행문학 발행인
- 주먹행시 -, /반주먹행시/, 민조행시 창시자
네이버 - 재미있는 주먹행시 밴드 리더 / 인체조직기증 서약자

저서 : 행시야놀자 시리즈 1~12집
       1집 풍자행시(2010) / 2집 야한행시(2011)
       3집 고운행시(2012) / 4집 가나다행시(2013)
       5집 주먹행시(2014) / 6집 천자행시(2015)
       7집 영어행시(2016) / 8집 시조행시(2017)
       9집 퍼즐행시(2019) / 10집 이름행시(2020)
       11집 쉬운영어행시 / 12집 行詩 속의 民心(2021)
       정동희 자서전적 행시집 '行詩 내 人生'(2018)

공저 : 동인지 한국삼행시동호회(2007, 행시집) 1~4호
       행시사랑 10인10색(2018, 행시집)
       行詩와 자유시와의 만남(2020, 행시집) 外 다수

3.4.5.6 [민조행시]

3-4-5-6조의 민조시에 운(韻)을 붙여 <u>行詩</u>가 됐으며
정동희 시인이 <u>민조행시방</u>을 만들고 처음 시작(2021)

민의는
조삼모사
행시가 꿈틀
시류가 끓는다

Crazy 미치광이, 말도 안 되는, 괴짜, 훌륭한

- Crazy author introduction(美親 저자 소개)

Certainly I'm not English major   영어 전공자 아님
Really not studying in America   미국 유학파 아님
Actually full of energy   에너지가 넘치는
Zestful man on 70 years old now   올해 정열의 일흔
You know I'm a humanity guy   인간성 좋은 남자

INTERESTING
행시야 놀자 11

지혜로운 여러분의 도전을 기다리는 行詩
아직까지 경쟁자가 없었던 독보적인 作品

쉬운영어행시
EASY ENGLISH
정동희 저

Every line poem bilingual   영한대역 행시로
Almost not a same word   어없던 동료 없고
Short sentences I'd write   단출한 짧은 문장
You can see simple style   여강상 쉽게 쓴다

한국행시문학회
도서출판 한행문학

128p
6,000원
특별가

미친 저자 - 영어전공자 아님 / 미국 유학파 아님 / 올해 나이 70세

ABCDEFG
HIJKLMN
OPQRSTU
VWXYZ

/망막/ [반주먹행시]

다
홍채를 통해 말한다
빛

* 세상에서 제일 짧은 글..한 주먹도 안 된다는 의미로 이 글의 명칭을 **/반주먹행시/**라고 붙였습니다. 본문이 단 10글자로 워낙 짤막하기 때문에..아래에 전개되는 본문과의 구분을 위해서..**/반주먹행시/**라고 반드시 제목 좌우에 사선을 그어서 표기하기로 정했습니다.

/반주먹행시/의 특징은 본문은 반드시 10글자로 맞추되 3행으로 배치하고..1행, 2행, 3행에 각각 몇 글자를 넣든 작가의 임의 대로 배열할 수 있다는 점이 특징이며 작가 입장에서는 창의력을 최대한 발휘할 수 있는 이점이 있습니다.

- 망막 - [주먹행시]

다부진 눈매
홍채를 거친 순간
빛이 말한다

(2022/육봉 정동희)

* 위와 비슷한 형식의 **- 주먹행시 -** 작품은 같은 3행이지만 글자 숫자를 5-7-5 형식으로 배열합니다. 즉, 1행에 5글자, 2행에 7글자, 3행에는 5글자를 배열해야 합니다. 이는 조선시대 때부터 선비들이 즐겨 쓰시던 **주먹시**의 형식입니다. 바로 왼쪽의 **- 주먹행시 -** 한 편을 참고하시기 바랍니다.

New Year [11형 퍼즐행시]

2 0 2 3
NEW YEAR

NOW WE MEET AN ANOTHER DAWN
EVERYDAY WILL BE NOT JUST SAME
WONDERFUL SUNNY EAST WINDOW

YEAR BY YEAR WE EXPECT NEW DAY
EVER THIS TIME WE PRAY THE SAME
ALWAYS WANT HEALTH AND UTOPIA
RED SUN MAY GIVE US THE ANSWER

지금 우리는 새 여명을 만나지
금일과 꼭 같을 수는 없는 지금
해맑은 멋진 동창에 스며든 해
가고 오는 새 날을 기다리는가
길고 긴 이맘때 같은 기도 하길
구리 빛 건강 유토피아를 빌구
나의 답을 저 해가 줄 수도 있나

한국행시문학회장 정동희 拜上

옛날에 금잔디

옛날에 이 길을 꿈꾸며 걸었지
날 저문 밤에는 옛 얘기 들으면서
에이는 칼바람 문풍지 울려대도

금자동 은자동 날 재운 울 엄마의
잔주름 패인 손 너무도 그리워서
디제이 남자에 사모곡 시켜본다

無有 정방현 / 카페 닉네임 : 즐탁동시, 정거사

한행문학 신인행시문학상 / 시인 등단
2022 짧은행시전 고운글상 수상

해당화 피는 섬마을

해당화 피는 섬마을에 그리움이 불어온다
당신은 파도가 들려주는 노래를 듣고 있나요
화요일 밤 당신과 속삭이던 그 바닷가

피어서 수줍은 듯 해당화도 곁에 있었지요
는정대는 날처럼 밤새 파도는 꿀렁이고

섬연한 님의 고운 미소는 달무리에 흩어지는데
마을 어귀 포구에 선기는 바람에 살랑대고
을을히 그리운 마음 하나 파도에 쓸려 갑니다

탁주 일배 濁酒 一盃

濁酒一盃心寂靜　　탁주일배심적정
酒我一體沒汝我　　주아일체몰여아
一體衆生一家人　　일체중생일가인
盃中世上唯和平　　배중세상유화평

막걸리 한잔에 고요하이
술과 내가 하나로 빠져들어
모든 사람들이 한 가족 같네
술잔 속에는 오로지 평화뿐

수하 한담 樹下 閑談

樹下酬酌淸風柔　수하수작청풍유
下流溪谷情聲湍　하류계곡정성단
閑遊影子求神仙　한유영자구신선
談論對酌是神仙　담론대작시신선

나무 아래 술잔 시원한 바람 부드럽네
흐르는 계곡 맑은 물 소리 정겨웁고
한가롭게 노니는데 무슨 신선을 구하리오
이야기와 주고 받는 술잔 여기가 신선이로다

짝사랑

때때로 스쳐가고
늦은 밤 뒤척임도
은연중에 님 생각인가

만남을 꿈꾸는 그리움은
남겨둘 미련

韓國夢 정복원 / 카페 닉네임 : 한국몽

한행문학 신인행시문학상 / 시인 등단
2020 주먹행시 특별전 고운글상 수상

지금 이대로

간절히 원하면 이루어진다는
현실

관심이 가진 사랑과
광대가 흘린 웃음은
지나온 세월 사랑의 무게

청춘 갤러리
풍경을 담은 삶의 화폭엔
명산대천 수려함만 있을까
월흔의 희미함도 행복이려니

* 간현 관광지 :
  강원도 원주 소금산 그랜드벨리

무간도無間道

무상초 깊은 뜻을 아직은 모르지만
간간히 찾아 드는 번뇌의 시름들을
도저히 감당 못함은 작은 만족 잊음이라

* 무간도 :
 [불교] 4도(四道)의 하나로,
 번뇌에서 벗어나 막힘이 없는 경지를 이르는 말

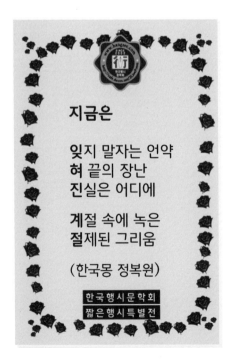

지금은

잊지 말자는 언약
혀 끝의 장난
진실은 어디에

계절 속에 녹은
절제된 그리움

(한국몽 정복원)

한국행시문학회
짧은행시특별전

이 가을에 꾸는 꿈

단순함이 아니었다
풍성한 열정이 가진
이름 하나 가을

물어 물어 찾은 삶 있을까
들러리로 머문 인생 있을까
고스란히 주어진 나의 몫

가을이 익어가면
을씨년스러운 겨울의 선물
은빛 포장을 하고

저 멀리 안드로메다의
물욕 없는 사람들은
고요한 어울림이겠지

나의 길 나의 소망
의롭지 않아도 좋다

길 떠나는 나그네
은하수에 담은 꿈은

어제의 것이 아닌 내일의 꿈
디지털이 아닌 아날로그
에움길 걷는 여유이고 싶다

내 마음 진실하네

내가 당신을 얼마나 사랑하는지

마지막 사랑이 당신이기를 바라는 걸
음률에 마음 실어 저 구름에 사랑 담아

진주보다 더 영롱한 아름다움 엮어서
실에 엮은 한 알 한 알 고운 추억 만들어
하늘 땅 사이에서 영원한 언약으로
네가 아닌 우리 하나라는 걸

頂鄕 정영임 / 카페 닉네임 : 천보향기, 정향

한행문학 신인행시문학상 / 시인 등단
부여밤꽃농원 운영
옥산호수정원(진달래관광농원) 부원장

공저 : 내 인생 행시에 담아(행시동인지 4호)

사랑해요[하트형 가나다라 대칭 퍼즐행시]

♪♬　　　　　♬♪

♪♬♪♬♪♬♪♬ ------- ♬♪♬♪♬♪

♪♬가 을 연 가♪♬♪-----♬♪사 랑 연 가♬♪

♪♬나 와 너 하 나♪♬♪-♪♬나 란 히 우 리 하 나♬♪

♪♬다 정 다 감 대 화 하 다♪♬♪다 주 는 사 랑 하 고 싶 다♬♪

♪♬라 디 오 에 서 흐 르 는 라 라 라 기 쁜 슬 픈 노 래 따 라♬♪

♪♬마 음 이 변 하 지 만 우 리 사 랑 은 영 원 히 변 하 지 마♬♪

♪♬바 라 만 봐 도 그 대 는 행 운 을 주 는 네 잎 크 로 바♬♪

♪♬사 랑 한 다 말 해 주 는 그 대 의 영 롱 한 눈 인 사♬♪

♪♬아 름 다 운 선 율 에 멋 진 사 랑 가 득 담 아♬♪

♪♬자 유 롭 게 비 행 하 는 새 들 처 럼 날 자♬♪

♪♬차 가 운 밤 바 람 에 달 리 는 열 차♬♪

♪♬카 페 에 서 마 시 는 보 드 카♬♪

♪♬타 워 에 서 듣 는 기 타♪♬♪

♪♬파 스 텔 스 파♬♪

♪♬하 하♬♪

♪♬♪

♪

진달래 관광농원

진달래 관광농원 사계가 아름답다
달 품은 옥산호의 얼비친 산 그림자
래퍼들 감탄하는 새소리 노천무대

관광 온 캠퍼들은 산책로 돌아보며
광주리 하나 가득 푸성귀 뜯어다가
농원의 오공바위 달궈진 자리에서
원앙새 한 쌍처럼 정답게 마주하네

사랑을 가득 담고 정성을 곁들여서
계절 향 버무려낸 산나물 한 상 가득
가정집 그 누구가 이렇듯 담아낼까

아이들 좋아하며 뛰노는 잔디밭엔
름름한 느티나무 그늘이 되어주고
답답한 도시 떠나 가족과 함께하는
다정한 피크닉에 행복이 넘쳐난다

시와 음악이 있는 아름다운 중년

시인의 마음으로 가을을 맞이하니
와인의 그윽함이 오감을 자극하네

음률에 마음마저 두둥실 떠다니니
악조건 있다 해도 힘차게 이겨내고
이색적 느낌으로 호기심 발동하네

있으면 있는 대로 없으면 없는 대로
는 것도 부족함도 적당히 절충하고

아무리 싫은 것도 때로는 할 줄 알고
름름한 삶의 용기 강하게 실천하는
다망한 중년의 길 꽃처럼 가꾸면서
운명에 도전하고 팔자를 이겨가자

중후한 멋을 내며 남 눈치 보지 말고
년간을 계획하며 힘차게 살아보자

사랑

간격이 있으므로 더 어여쁜 너이다
자유와 자존으로 몸살 난 촛불이다
미치지 못하는 열정에 늘 목마른 갈증이다

자연사랑시화전 최우수상 수상(2011. 10. 1)

草香 조숙회 / 카페 닉네임 : 향기

한국방송통신대학교 가정학과 졸업
한행문학 신인행시문학상 / 시인 등단
제1회 전국 자연사랑 시화전 최우수상 수상 (2011)
제1회 전국행시백일장 대상 수상(2016)

공저 : 한국삼행시동호회(행시동인지 창간호)
　　　행시 속에 세상 있다(행시동인지 2호)
　　　행시 속에 숨쉬는 님(행시동인지 3호)
　　　내 인생 행시에 담아(행시동인지 4호)
　　　행시사랑 10인10색(2018)

행시 일지

한 올씩 수놓은 언어들이 일어선다
삼간 듯 조용한 시간, 어둠이 눈뜰 때
동녘 공간을 따라 비상하는 새처럼

만감의 교차를 삭혀 털어내는 몸짓으로
만 가지 빛이 되고 희망이 들썩인다
세속에 물들지 않은 영혼의 울림이다

* 한삼동 : 한국삼행시동호회의 약칭

만남

묵시적 동반자 친구라는 편한 이름
은어의 장을 넘어 이슬 한 알 보태보니
지루한 장마 속에 한줄기 햇살입니다

인생 무상

소양강 따슨 볕에 놓고 갈 무엇 있나
양귀비 일색 홍조 서산에 붉게 지듯
강구康衢에 변치 않는 건 오고 가는 생사뿐

(포항)과메기 + (강릉)한과 번개 모임
(2013. 2. 23. 토. 봉천동 한행문학 사무실)
신종현 손님1 오경일 김미옥 변희창 **조숙희** 김철성
과메기는 정동희 시인이, 강릉한과와 양주는 박선미 시인님 제공

시인의 노래

석양 빗겨간 하늘가에 노을 물들면
줄지어 날아가는 새 떼 들이 보인다

삼삼오오 짝이라도 지은 듯 장관을 이루고
행렬이 지난 뒤 여운은 별빛이다
시인의 눈에 일렁이는 언어는 생명이 되고

예양 어김없이 찾아오는 고독감
찬란한 불빛 되어 시인의 노래가 된다

삼행시

고운님 거닌 자국 맑은 가락 뉘어 놓고
운율에 행간실어 세상 시름 달래보니
시간과 공간을 넘는 물결이요 감동이네

3월의 창가에서

삼월의 대지는
월동 지나 움츠렸던 생명들의 천국
의연하게 고개 내미는 여린 새싹들

창가 봄의 소리가
가녀린 연두 빛 몸짓
에너지 주며 설레게 하는 너
서로 서로 따뜻함으로 축제를 즐기자

草綠 조용희 / 카페 닉네임 : 초록

중앙대 산업창업경영대학원 졸업
여성의류사업 행복코디 운영(30년)
한행문학 신인행시문학상 / 시인 등단
제4회 전국행시백일장 최우수작품상 수상(2019)

공저 : 行詩와 自由詩의 만남(2021, 행시집)

낭만과 추억

내 마음 오늘도 설렘 꿈꾸며 기다려

고요함 바쁜 중에도 희망의 나래 펴며
장점은 늘려주고 단점은 덜어내며

칠월의 햇살 아래 녹색 생명 무성하고
월님은 쉼도 없이 지나고 또 돌아오고
은빛 물결 살랑이는 바다의 낭만 그 추억

담담한 삶의 여백

성큼 성큼 예쁜 색감 물들이며
근사한 옷 입고 다가와 내 마음도 물들인다

햇살은 힘 잃고 빠르게 달아나고
살며시 속삭이며 나의 어여쁨에 기대란다

속으로부터 흐르는 따스한 가슴
으뜸가는 담담한 삶의 여백을 담아보자
로망 꿈꾸며 긍정의 날개 활짝 펴자

정모 마치고 지방에서 온 분들을 위한 1박2일 뒤풀이
(2019.12/아침 해장국은 **초록님** 협찬)

- 행복한 날 -

상쾌한 봄날
쾌청한 쪽빛 하늘
한아름 행복

(초록 조용희)

- 겨울 -

첫사랑 생각
눈 길에 그 데이트
이제는 추억

(초록 조용희)

- 일상을 떠나 -

참 좋은 여행
나 혼자 자아 발견
무언의 대화

(초록 조용희)

- 한행문학 -

당신의 답 글
신나고 감사해요
이렇게 함께

(초록 조용희)

묵석 조이안

묵은 정에 애태우는 바보 리안 애처롭다
석별의 정 아쉬움에 멈춰 버린 그대 영상

조은 시절 함께했던 그 사람은 오데 가고
이슬 맺힌 두 눈가에 그렁그렁 그님 얼굴
안부 묻고 싶은 마음 행시 쓰며 달래누나

墨石 조이안 / 카페 닉네임 : 묵석 조이안

연세대학교 행정학 석사 / 한국문인협회 정회원
한행문학 신인행시문학상 / 시인 등단
푸른솔문학회 신인상 / 소백문학회 사무국장
충북시인협회 정회원(감사)
국제PEN충북지부 정회원 / 충청도민일보 주재기자(부장)

빗줄기에서 시를 캡니다

빗자루로 말끔하게 쓸어놓은 앞마당에
줄타올라 하늘높이 올라 가는 능소화야
기다리는 그 사람은 어디만큼 오는지도
에로스신 머 하는고 능소 기도 안 들리나
서로 만나 사랑하고 살 수 있게 안 해주고

시류 따라 떠도는 님 오또케야 찾으리오
를르베춤 추듯 하는 님 마음을 잡으리오

캡사이신 매운 맛이 이내 마음 같으리까
니가 떠난 텅빈 자리 채울 길이 막막하니
다음 생에 다시 만나 능소 한을 풀어볼까

열두대 신립장군

열두 번 오르내린
절벽엔 꽃이 피고

두견새도 슬피 울다
잠든 고요한 밤

대숲에 이는 바람
고향 생각 그립다

신새벽 깨우는
나팔소리 들려올 제

립스 깨물며 또다시
활시위를 당겨라

장군의 그 함성이
탄금대에 울릴 때

군졸들 앞다퉈
꽃이 되어 떨어진다

알파벳 행시

A-에이고 가슴 조이던 첫사랑의 추억들
B-비이고 뻥 뚫린 가슴 허전함에 울던 날
C-시일이 지난 지금도 나에게는 너 하나
D-디딤돌 비빌 언덕도 사라진 듯 허전해

E-이토록 보고 싶어도 볼 수 없는 그대여
F-에프론 곱게 걸치고 사뿐사뿐 오는 꿈
G-지금은 어느 곳에서 누굴 만나 사는지

H-애 치울 때가 되면 청첩장은 보내겠지
I- 아이는 몇이나 될까 너 닮아서 예쁠까
J-제이는 너 기다리다 아직까지 혼잔데
K-케이크 촛불 밝히고 지새우는 긴긴밤

L-앨범 속 웃는 네 모습 예나 지나 그대로
M-앰프서 울려 나오는 노랫 가사 슬퍼라
N-앤드가 없는 내사랑 끝이 없는 그리움
O-오늘도 추억 속에서 멈추어진 그 자리

P-피할 수 없는 그리움 더해지는 보고픔
Q-큐피트 화살 타고서 유성처럼 떠난 님
R-알알이 떠오른 영상 지날수록 또렷해
S-애쓰고 발버둥쳐도 외로움은 끝없네
T-티비를 보고 있어도 하염없는 눈물 뿐

U-유성 별 되어 떠난 님 아름다운 사람아
V-브이자 손가락 펴고 거울 보고 웃지만
W-더블유 두 배로 그대 그리운 걸 어이해
X-엑스자 두 팔 저으며 아니라고 하지만
Y-와 이리 그대 얼굴이 흐려지지 않는지
Z-제트기 내 마음실어 님 계신 곳 보낼까

가고파, 푸른 기와집

가 주세요
나를 데리고
다들 가던데
라일락 꽃 핀 푸른 기와 집
마음은 고속도로
바라 볼 수록 가고 싶어
사랑하는 사람이여!
아름다운 그대 사랑을
자! 손 잡고 가 주세요
차라리 싫다면 빨리 말해요
카스 한잔 마시고 정신 추스려
타인과 갈 테니
파마도 하고, 화장도 하고
하늘하늘 원피스도 사 입고!

[유리헤어쇼 語花 조호숙 行詩集 처녀작]

말 하는 꽃!
하늘 아래 단 한 송이
는개비에 젖어 촉촉한
꽃 중의 꽃!

도서
출판 衏 한 행 문 학

語花 조호숙 / 닉네임 : 공주[語花]

헤어드래서(前. 유리헤어쇼 원장) / '아리뽕짝' 방송 운영
대원대학교 사회복지과 / 세명대학교 사회복지학과 졸업
한행문학 신인행시문학상 / 시인 등단
2014 전국 자연사랑 시화전 우수상 수상
2017 대한민국 주먹행시전 대상 수상

저서 : 말하는 꽃, 글머리 만지다 (2011 / 행시집)
공저 : 한국삼행시동호회(행시동인지 창간호)
　　　 행시 속에 세상 있다(행시동인지2호) 외 다수

내 생일

가만히 보니 오늘이 내 생일이네
나는 챙기지 않으려 해도
다들 법석이네

라일락 향기보다 더 좋은 곳에서
마음을 준다고들 속속들이 연락이 오네

바라는 마음 없는데

사랑하는 그이도 사랑스러운 자녀도
아름다운 마음을 표현하려 하네

자그마한 정성으로 포장한 꽃 다발
차와 식사가 있는 레스토랑 예약
카라멜 상자에 머니도 곱게 곱게

타지에서 고생하며 뭐가 여유롭다고

파도타기 하듯 불확실한 세상에서도
하늘하늘한 우리 가족 희망스럽네

제51회 전국소년체육(하키)대회

가는 세월 유수 같아 막둥이 아들이 어느 새
나를 두고 일주일이나 떨어져
다들 어우러진 전국소년체육대회 참가로 인해
라랄랄라 랄랄라 대회장으로 떠난 지 7일 째

마음은 보고 싶어도 꾹 ~ 참고 기다렸더니
바지런히 훈련에 열심이더니
사랑하는 아들 팀이 은메달 거머 쥐었다네

아름다운 경기를 한 보람이 있네
자그맣던 아가, 내 귀여운 아들아!
차도남 같던 아이가 구리빛 늠름한 소년이 되어
카리스마 있는 모습에 엄마는 흐뭇하구나

타지의 단체생활에 마음대로 못 먹었다며
파장하고 집에 가면 뿌링클 치킨 좀 시켜달란다
하하하 뿌링클 뿐이겠느냐! 소라도 잡겠다. ㅎㅎ

오늘 아침 해돋이

오늘도 어제도 내일도
늘 우리 집은 해돋이 명소다

아침 일찍
침상을 훌훌 털고 발코니로 가면

우리 집으로
리얼리티하게 붉은 기운이

집 안으로 와 에너지를 방출한다
에고이스트인 내게 빛처럼 살라 하며
서서히 붉은 옷은 투명으로 갈아입고

본 모습 감추고 온 누리를 밝힌다

해돋이 명소인 우리 집은
돋아 오르는 새싹처럼 희망차다
이렇게 날마다 눈부신 정기를 받으니

조호숙 시인님이 사시는 아파트 발코니에서
셀폰으로 직접 찍은 해돋이 장면이랍니다

당신은

가장 아름답게 비치는
나의 꽃 나의 행복
다시 또 느껴 보는
라스트의 멋진 연출
마음 속 가득 채워 주는
바라볼수록 더욱
사랑스러워 안아 주고픈
아카시아 향기 사랑
자꾸만 생각나는
차가운 겨울의 따스함이
카라꽃 고운 자태로
타오르는 내 마음의 태양
파란 내 마음 수 놓아 줄
하늘처럼 높고 귀한 사랑

발간 준비 중인 행시집 표지

實巖 최만조 / 카페 닉네임 : 부산갈매기

한행문학 신인행시문학상 / 시인 등단
제39회 인터넷 문학상 수상(문학사랑협의회)

공저 : 한국삼행시동호회(행시동인지 창간호)
　　　 행시 속에 세상 있다(행시동인지 2호)
　　　 행시 속에 숨쉬는 님(행시동인지 3호)
　　　 내 인생 행시에 담아(행시동인지 4호)

나 그대 사랑해도 되나요[♡형 퍼즐]

그대사랑감**사대**개가그**대사**랑따사로워
해맑은사**랑**의꿈그**려그**대사**랑**영원토록
사랑의**해**로가꾸어**나**가서백년**해**로하리
찬바람에**도**함께하는우리되**도**록기도해
그대위한나**되**리니한마음**되**어불변하지
서로를위해비**나**니사랑**나**누고기쁨나눠
아름다운사랑해**요**필**요**없는욕심버리고
그대의대답은오직**예**만이허락될것이오

부산 번개 모임(2019. 1)
뒷줄 - 서경봉, 오순영, 장영자, 정동희, 황동혁, **최만조**
앞줄 - 이광일, 조숙희, 김정한, 홍혜경

하늘이 내게 준 사랑의 선물
[Y형 퍼즐행시]

[하] 루 하 루 차 갑 게 기 온 강 [하]
오 [늘] 도 매 서 운 바 람 싸 [늘] 해
당 신 [이] 걱 정 스 러 워 [이] 렇 게
글 로 이 [내] 마 음 보 [내] 봅 니 다
어 렵 지 않 [게] 쉽 [게] 살 아 가 요
당 신 이 보 여 [[준]] 웃 음 의 행 복
모 든 걸 안 으 [[사]] 감 싸 는 마 음
그 대 모 습 사 [[랑]] 의 천 사 같 아
감 히 내 마 음 [[의]] 지 해 보 건 만
언 제 나 눈 에 [[선]] 한 그 대 얼 굴
보 고 픔 에 눈 [[물]] 지 으 며 웃 네

나 그대 사랑해도 되나요?
[Z형 퍼즐행시]

나 그 대 사 랑 해 도 되 나 요
봄 의 새 싹 처 럼 피 어 **나** 는
싱 그 러 움 느 껴 도 **되** 는 지
그 느 낌 너 무 나 **도** 포 근 해
마 음 껏 포 옹 **해** 도 되 는 지
그 대 의 사 **랑** 스 런 속 삭 임
별 들 의 **사** 랑 얘 기 같 아 서
나 그 **대** 의 별 이 되 고 파 요
별 **그** 림 자 곱 게 반 짝 이 며
나 그 대 사 랑 해 도 되 나 요

봄날에

자늑자늑 흔들리는 꽃잎 사이로
가는 바람 불어 상쾌한 오후

키 큰 나무 아래 마주 앉아
트인 벌판 너머 봄소식을 듣는다

두둥실 푸른 구름 사풋 흘러가고

줄지어선 가로수 옹긋옹긋 정다워라

湚姬 최명숙 / 카페 닉네임 : 재희

한행문학 신인행시문학상 / 시인 등단
한국시원 시 부문 신인상 수상(2018)
한국문인협회 회원
2018 대한민국 주먹행시전 금상 수상

저서 : 라온제나(시집, 2022)
공저 : 行詩와 自由詩의 만남(2021, 행시집)

가을 느낌

가담가담 물결치는 신추(新秋)
살갗 뚫고 엇비스듬히 스며든다

을충한 늦장마에 할퀸 상처
어루만져 주는 바람 껴안고

님프 사랑한 플로라 되어
눈부시게 딩굴고 싶다

어정 칠월 끝자락 성급하게
문빗장 열어 제쳤나 후회하다가

여문 달빛에 샤워하고
국화향 끌어당겨 진한 입맞춤한다

오목한 여름 볕뉘에 여과된 공기
온몸에 펴 발라 맛사지 하면

시시때때 쫑알대며 살랑이는 나뭇잎
드디어 몸살을 시작하고

게염나는 단풍 책갈피에 여며
서서히 분 바를 준비 해야겠다

지락至樂

그윽한 계곡 흐르는 물소리 싱그럽고
물보라 치는 골짜기엔 채운이 가득하구나
망울망울 떡갈나무잎 연둣빛 순 터뜨려

거풋거풋 몸부림에 까르르 바람이 웃고
미풍에 예쁜 꽃들 맑은 향기 뿜내니
줄 풍류에 한가롭게 사계절 독차지 하고파라

새해 다짐

용알뜨기 정성으로
서겁던 마음 잠재우고
와닿는 고운 감성 만큼

화火 일랑 갈무리 하여
해돋이에서 해넘이까지
의미를 새겨 두어

몸과 맘에 온전히 담아
짓드리고 싶다

김진회, **최명숙** 시인 등단식(2018.12/청수장 연회실)

- 약속 -

방패이시니
망하지 않으리라
이룰 때까지

(한나 최민숙)

최민숙 / 카페 닉네임 : 한나 최민숙

아시아신학대학원 졸업 / 천안 축복교회 담임목사
국민행복여울문학 신인상 / 시인 등단
여울문학 대동강시문학상 대상 / 시낭독경연대회 대상
GOOD TV 선교기자 / 뉴경찰신문 충남본부장
한행문학 신인행시문학상 / 시인 등단

저서 : 하나님의 소리(찬양시, 제1집. 2020)
       하나님의 소리(찬양시, 제2집. 2020)
공저 : 통섭시대(2021, 찬양시)

이 밤도

이리저리 보아도 갈 곳이 없으니
밤에도 조용히 세밀한 음성에
도움을 구하며 주 안에 안기네

사랑

나 어디 있든지 간에
살피사 사랑의 눈
피하지 않으시면서
고쳐주신 아버지

- 행복의 꽃 -

오 내 사랑아
늘 기쁜 꽃을 피워
은혜로 살자

(한나 최민숙)

- 희망 -

빛이 환하게
줄줄이 펼쳐지면
기분 상쾌해

(한나 최민숙)

- 소망 -

새해 희소식
해 같이 빛나는 일
엔돌핀 도네

(沃川 박은숙)

- 꽃동산 -

봄이로구나
날마다 향기 올라
은근히 좋아

(한나 최민숙)

- 어깨를 펴자 -

소심한 마음
풍요롭지 못하면
길이 안 보여

(한나 최민숙

- 진리 -

낙엽 따라간
엽서 한 장 한 장에
송이 꿀 말씀

(한나 최민숙)

- 승리의 깃발 -

기 운 차려서
도움 바라지 말고
해보면 어때

(한나 최민숙)

- 향수 -

고운 손길에
구수하고 맛있는
마음의 잔치

(한나 최민숙)

여정

불러봐도
어느새 가버린 인생길
라일락 향기 따라

바람 타고 흘러갔네
람바다 머나먼 길
아직도 여행 중

綠香 최복순 / 카페 닉네임 : 놀이공원

한행문학 신인행시문학상 / 시인 등단
제1회 전국행시백일장 최고작품상(2016)

공저 : 행시 속에 세상 있다(행시동인지 2호)
　　　행시 속에 숨쉬는 님(행시동인지 3호)
　　　내 인생 행시에 담아(행시동인지 4호)

새싹들의 아우성

새로운 마음들이 고개를 번쩍 든다
싹트는 몸부림에 봄 향기 느끼면서
들창 가 모서리에 차 한잔 손에 들고
의미를 줄 세우고 생각에 눈을 뜬다

아늑한 분위기를 꿈꾸는 소녀 같이
우아한 감성들을 하나 둘 꺼내 들고
성장의 그날까지 하늘을 달려간다

부산 번개 모임(2019. 1)
뒷줄 - 최만조, 오순영, 장영자, 정동희, 조숙희, 김정한, 최기상
앞줄 - 이광일, 황동혁, **최복순**, 홍혜경, 서경봉, 김지명 시인

뒤늦은 후회

어느덧
버젓이 자라난 자식들에게
이쁜 꽃바구니 받고 보니

은혜로운 사랑을 생각하지 못하고
혜택 받은 만큼 갚아드리지 못한

그때를 떠올리며

무한한 행복이란 걸 다시 한번
한없이 느끼는 순간
한결같이 떠오른 사랑의 맛

그리움

가슴에 시리도록
나에게 정을 주던
다정한 님이시여
라일락 피는 날에
마시자 한잔의 술
바닷가 거닐었던
사연들 접어두고
아쉬운 지난날들
자명고 울리듯이
차가운 마음들을
카카오 한잔으로
타는 맘 달래보고
파랑새 노래하듯
하늘을 바라본다

불러 봅니다

애타는 마음
당신 어디 있나요
초조하네요

(송정 최현중)

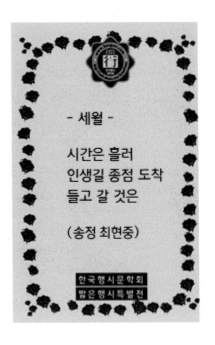

\- 세월 -

시간은 흘러
인생길 종점 도착
들고 갈 것은

(송정 최현중)

松亭 최현중 / 카페 닉네임 : 청송, 송정

한행문학 신인행시문학상 / 시인 등단
2022 짧은행시특별전 고운글상 수상

공저 : 한국삼행시동호회(행시동인지 창간호)

한삼동과 함께

해처럼 눈부시고
맑고 푸른 가을하늘 같은 호숫가에서
음악을 들으며 그대와 커피를 한잔하고 싶어라

동인지 창간호 출판기념회 및 송년모임(2007. 12/충무로)
오른쪽 끝 **송정**님

정모를 마치고

화목하게 둘러앉아 한잔 술 마셔보며
기름지게 맛난 음식 맛있게 먹고 나니
애기 같은 마음으로 정모를 준비하신
애정 담긴 운영자의 심정이 이해된다

실버 데이

실낫 같은 희망으로
버디 하나 낚아채서
데일리의 베스트로
이쁜 컵에 입맞췄네

카페 창립 4주년 정모

한국에서 제일 잘 나가는 동호회중 하나인
삼행시 동호회 4주년 정모에 참석하여
동동주 + 소주 한잔 했더니 무릉도원이 따로 없구나

한삼동 4주년 기념 정모(2006. 9/압구정 니코보코 클럽)
밤안개, 로뎀, 스마일, **송정**, 도야지님

접시꽃 당신은

접어둔 마음 살포시
시로 엮어내고
꽃물로 수를 놓아

당신께 드립니다
신선한 향기와
은은한 사랑은 덤으로

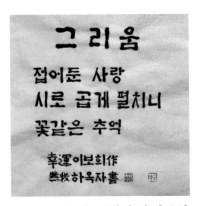

하옥자 시인님의 서예 작품(계간 한행문학 표지에 올림)

無我 하옥자 / 카페 닉네임 : 비체

서예가
영남서예대전 초대작가 / 대구서예대전 초대작가
개인전 : 대구아트페스티벌 부스전(2012)
한행문학 신인행시문학상 / 시인 등단
제2회 전국행시백일장 고운글상 수상(2017)

윤회

가비얍은 마음에도 태산같은 믿음있고
나아가고 물러남도 한순간의 결심이라
다가진듯 충만속에 한줄기의 공허함은
라파엘로 거장같은 위인들도 고독하니
마음조차 인연따라 흘러가는 이치인걸

바람불어 잎은져도 내재되어 있는이상
사연따라 돌고도는 우리인생 여기모여
아름다운 동행길에 함께하며 호흡하고
자애로운 미소로써 서로서로 기대어서
차마못한 속내음을 눈빛으로 알아가니

카멜레온 빛깔처럼 조변석개 하지말고
타인이라 여겼더니 어느샌가 님이되어
파도치는 비바람에 버팀목이 되어주고
하고많은 사연들에 녹아드는 하나로다

그리움 하나

커다란 파문으로 일렁인 네 그림자
피할 수 조차 없이 그대로 스며들어

한없는 그리움이 목말라 애태우면
잔잔한 물결 이는 파도에 춤을 춘다

사랑도 인과 있어 피었다 지고 나면
랑랑한 그대 음성 또다시 그리워도

한가한 별빛만이 뜰 안에 부서지고
스르륵 벌레소리 이 밤을 벗삼으며
푼푼한 달빛으로 온 세상 고요해라

그림자 하나 가득 가슴에 차오르면
리치를 알길 없는 안개 속 꿈길이라
움트는 가지마다 각인된 그리움이

하나 둘 앞다투어 돋아난 새싹처럼
나누고 보태어서 새로운 연이 되네

참새와 허수아비

참새 떼 훠이훠이
새 소리 요란스레
와글와글 들끓어도

허수룩한 두 팔에
수더분 차려 입고
아무 말 없어도
비장히 부릅뜬 눈

한행문학 제30기 신인행시문학상, 등단식(2017. 6. 24/청수장)
앞줄 - 왼쪽에서 다섯 번째 **하옥자** 시인

다음세대

다같이 손잡고 둥글게 돌면서
음치면 어떠리 목청껏 부르니
세상이 예쁘고 마음도 포근해
대상이 뉘라도 사랑을 느끼네

다듬고 정성스레 일궈낸 한행문학
음미를 해볼수록 맛깔난 삼행시들
세대를 아우르는 유일의 행시문예
대업을 이뤄내신 정동희 다음세대

無我 홍성준 / 카페 닉네임 : 도야지

건국대학교 축산대학 일반대학원 석사과정 수료
_()_ ONEGENESJ CEO
_()_ 뼛속까지 고기쟁이
한행문학 신인행시문학상 / 시인등단
2022 짧은행시특별전 고운글상 수상

공저 : 한국삼행시동호회(행시동인지 창간호)

별이 빛나는 밤에

별하나 나하나 세었던 지난날
이리도 아픔돼 올줄은 몰랐네

빛바랜 추억이 되버린 내사랑
나홀로 그맹세 되짚어 보지만
는개비 속에서 길잃고 헤매듯

밤중도 아닌데 어둠에 묻히니
에헤라 별님아 갈길이 어디냐

한국삼행시동호회

한스럽고 아픈것들 긁적여대 날리우고
국경잃고 헤매도는 사랑얘기 또한풀며
삼키려한 그리움도 뱉으려한 외로움도
행동으로 나타낼수 없는탓에 행시로서
시원하고 명쾌하게 쓰다보면 다날리니
동감속에 함께웃고 더불어서 즐겨보면
호들갑도 떨게되고 기쁨에차 상기되니
회한없는 우리네삶 예있기에 다풀리라

백두산 천지

백두에서 한라까지 민족의얼 연결되어
두만강과 낙동강이 어우려져 하나되니
산이있어 포근하고 강이있어 윤택하여

천하의꿈 펼치려는 나래짓이 힘차나니
지상에서 뻗는기운 영원불멸 솟구치리

가을 편지

가슴 속에 고이 묻은 사연 하나 떨어지니
을러대던 밤 하늘의 별무리도 쏟아지고

편한 길이 없는 내 맘 구름 속에 숨으려나
지고 뜨는 달 그림자 내 맘 속을 드리우네

한국삼행시동호회 (X형 퍼즐행시)

한 번 빠 져 평 생 행 복 **한**
결 **국** 우 리 모 두 천 **국** 행
행 시 **의** 묘 미 말 **의** 잔 치
즐 기 세 **삼** 사 **삼** 오 사 삼
지 기 님 삼 **행** 시 공 장 장
여 러 행 **시** 로 **시** 동 거 니
한 삼 **동** 어 화 동 **동** 얼 쑤
기 **호** 따 라 **詩作** 띵 **호** 와
회 원 님 들 재 치 동 호 **회**

故. 建一 김봉수 (카페 활동기간 2006-2009)

한행문학 등단 시인

공저 : 한국삼행시동호회 (행시동인지 창간호)
　　　행시 속에 숨쉬는 님 (추모특집 행시동인지 3호)

거니리와 퍼즐방 (+ 형 퍼즐행시)

이 자 전 **거** 타 고 서
한 삼 동 **니** 나 노 판
어 서 가 **리** 따 르 릉
거 니 리 와 퍼 즐 방
재 미 를 **퍼** 뜨 려 요
세 상 사 **즐** 거 움 도
님 들 과 **방** 싯 방 싯

행시 속에 숨쉬는 님 출판기념회(2011. 8. 20/부산 돌담집)
앞줄 - 맨 왼쪽 - 김봉수 시인 따님 07**김은비** 님, 맨 오른쪽 다음세대
뒷줄 가운데 랑산님, 맨 오른쪽 은빛방울님, 앞줄 가운데 재리덕님

은세계…눈송이

은비야 눈 내리면 정동진 여행가자
세월이 흘렀지만 어릴 적 추억 찾아
계절을 품에 안으며 새벽기차 타고서.....

눈으로 축제 여는 태백산 눈꽃축제
송악이 백악 되어 우리를 기다리네
이렇게 아빠와 같이 여행하면 좋겠다...

딸랑구 초딩이 때 둘이서만
영월, 태백, 통리, 정동진으로 여행을 다녀 왔는데
올 겨울에는 스무 살 처녀 된 딸 애와
다시 길 떠나보고 싶다....
고현정 소나무 배경으로 사진 찍어서
어릴 적 딸랑구와 비교도 해보고
중간 역에서 우동 한 그릇을 후~후~ 불며
먹고도 싶고....

좀 지나면 어떤 녀석에게 빠져서
아빠와는 같이 다니지 않을 텐데....

그렇게 추억이나 하나 만들어 두고 싶어지네....

거니리님 생전의 마지막 작품
1958년생 카페 '우리들의 은하수'에 남긴 글
(2009. 08. 30)

건일이 불러봐라.. 듣기가 좋지 않니?
들어는 봤습니까? 거니리 이름 좋고 ㅎㅎ
마당쇠 거니리 문지기인데요. ㅎ
 행시 운율 무시하고 마지막 인사 드립니데이…

실은 본명이 김봉수여 ㅎㅎㅎ
"건일"은 내 호로 삼은 거구 ㅎㅎ

여러분!! 뷥기가 쉽지 않은 삶이 됐어용..
그래도 내 이름 기억 해 주시길.......

* 배경음악 - 최유나의 안부
* 건들마 : 초가을에 남쪽에서 불어오는
       서늘하고 부드러운 바람

자선 냄비

자선 냄비가 이 추운 겨울에 보글보글 끓는다
두고두고 전해 줄 예쁜 이야기들이 꽃을 피운다
나그네 같은 인생길은 서로 돕고 살아야지
무거운 짐 나눠지면 마음부터 따뜻해지는 것을

故. 허담墟潭 도춘원(활동기간 2012-2016)

한행문학 신인행시문학상 / 시인 등단
한행문학 등단심사위원장

달은 휘영청

달빛 가득
하늘이 내려앉았나? 내 마음에

은은한 겨울 빛
스치던 창살에 흔들리는 바람

휘날리는 눈 속을 헤치고
멀리서 찾아 온 손님일까?

영겁의 비밀을
내 가슴 한 가득 밀어 넣고

청아한 새벽 별과 함께
말없이 떠난 님. 아! 달님

정약용 선생님

다심한 품성에 단정한 자세를 늘 잃지 않으셨다
산과 물이 어우러진 마재리에 나시고 그 곳에 묻히셨다
정든 고향 떠나 죽음의 유배 길 얼마나 멀었던가
약한 듯 곧은 선비의 위엄 한 치 흐트러짐 없으셨다
용틀임하던 기상 가슴에 둔 다짐 열어 후학을 심으시고
의로운 삶의 길 첫째로 동기간 우애를 꼽으셨다

시를 짓는 어려움 다만 자연스러운 것이 첫 번째라 하시고

해맑으면서도 여운 도는 것이 두 번째라 하셨네
석양에 지는 노을같이 맑고 여운 깊은 글 나 언제 만나리

도춘원 등단심사위원장의 심사평(2015. 12 / 용사의집)

만개한 봄

요란하지 않아도 틈새마다 이처럼 분주할 수 있을까?
지천으로 깔려오는 봄 빛깔 저마다 나무를 탄다.
경사스레 차일치고 불 밝혀 한 잔술 아쉬운 밤

세상이 넓다 한들 한 송이 풀 꽃의 숨은 사연만 하랴?
상 위에 내린 꽃 비 술잔에도 아니 먹은 술에 취흥이 돈다

5호선 개롱역 인근의 허담님 댁으로 문병차 방문(2016. 7. 7)
오순영, 조숙희, 정동희, 허담 **도춘원**님, 장광순 시인(경북 구미)

별바위산

가고파라 아름다운 고향산천 잘 있느냐
나와 함께 놀아주던 정들었던 별바위산
다시 한번 그려보는 보고 싶은 옛 모습
라일락꽃 향기 속에 춤추던 지난 추억
마을에서 십 리 밖 떨어진 곳 별바위산
바람 부는 산마루에 으악새 슬피 우니
사랑스런 옛 가락에 푸른 하늘 높아진다

아카시아 꽃 향기가 봄 맛을 자아낼 때
자주색 빛 하늘 가에 반짝이던 별바위산
차가운 손 잡아주던 잊지 못할 정든 산천

카나리아 울음소리 들려온 듯 사라지고
타종 소리 들리는 밤하늘 별빛 세상 차려두니
파도 같은 바람 따라 슬피 우는 어미 소야
하늘 아래 사는 우리 옛추억만 그립구나

故. 敬山 신종현(활동기간 2011-2017)

한행문학 신인행시문학상 / 시인등단

공저 : 행시 속에 숨쉬는 님(행시동인지 3호)
　　　 내 인생 행시에 담아(행시동인지 4호)
　　　 자연사랑 시화전 기념시집(행시 게재)

어머님 전 상서

어머니란 말 한마디 불러보지 못한 세월
머리카락 새하얗게 일평생을 살아오네
님이 가신 계사년이 원통하고 분하여라

전해오는 봄소식에 어머님은 안 오시고

상처뿐인 이내 가슴 하소연을 할 곳 없네
서러운 맘 쓸쓸한 맘 그 누구가 달래주랴

제2회 전국행시백일장 시상식(2017. 3. 25/청수장)
이옥천, 김봉균, 송수복, 정금자, 정동희 회장, 박일소, **신종현** 시인

등화가친

등불 되어 떠오르며
희망의 꽃 활짝 피던

화끈한 봄 그 언젠가
여름철도 지나가고

가을 들녘 황금 물결
수를 놓고 손짓하며

친환경적 맑은 가을
모든 님께 웃음 주네

신종현 시인님 영전에 바친 행시집 세 권
퍼즐행시집(정동희), 이름행시집(정동희), 혜린 행시집(오순영)

예쁜 봄 여인

가로수 길 따라 오르는 저 언덕길
나와 함께 거니는 예쁜 봄 여인
다들 부럽게 보는 눈치지만
라일락 향에 취해 봄으로 들어선다
마시는 술잔마다 그윽한 봄 향
바보 같은 마음으로
사랑을 속삭이며 행복한 길 걸어본다

아름다운 미소로 다가오는 봄 여인
자연스런 정감으로
차가운 손 잡아준 사랑의 정

카메라에 추억 담고파
타인에게 사진 찍어달라 맡기고
파이팅 외치며
하늘 높이 뛰어오른다

쓰러지기 사흘 전에 쓰신 글

랑산 최기상 시인 최종 작품

내 마음의 여백

내려놓고 가야 할 무거운 짐들

마모된 사지관절 행보 어려워도
음악을 들으면 정서는 순화된다
의리와 신뢰로 어렵게 버틴 세월

여윈 꿈 속 늘 푸른 숨결 걸으면
백구 나는 해변 해당화 피고 지고

朗山 최기상(1938-2021)

한국삼행시동호회 / 편히 쉬세요

故. 朗山 최기상(활동기간 2009-2021)

한행문학 신인행시문학상 / 시인 등단
한행문학 등단심사위원장

저서 : 꽃신 속의 바다(2012, 행시집)
        노을빛 그리움(2013, 행시집)
공저 : 행시 속에 숨쉬는 님(행시동인지 3호)
        내 인생 행시에 담아(행시동인지 4호)

412

카페 처음 올리셨던 글(2009.4.2)

산마다 꽃물 들어 비단처럼 고운 들
수줍은 야생화 앙증맞게 흔들리면
유수(流水)청산(靑山) 꽃 길에 시 한 수 심고 가리

산과 들 넘실대는 생명의 환희 속에
수려한 산수경관 무릉도원 비경(秘境)인데
유한한 시인(詩人) 마음 못 담아 한이로세

산마다 타는 꽃불 누구의 정염(情炎)인가
수묵화 안개 구름 꿈인 양 얼싸안아
유산객(遊山客) 가슴 떨려 차라리 눈을 감네

제2회 행시문학의 밤 행사(2016.4.16~17/안산시화호 생태학교)
강사 : 맨 왼쪽 - **최기상** 시인, 맨 오른쪽 백상봉 시인

- 풀고 살자 -

갈 길은 먼데
매듭을 풀지 못 해
기막힌 사연

(05.24/랑산 최기상)

- 도박 -

난장판 인생
장돌뱅이 야바위
판 돈 바닥나

(05.25/랑산 최기상)

- 꿈 -

남다른 꿈에
성공을 탐해 봐도
미개척 황야

(05.26/랑산 최기상)

- 좋은 사람 -

나란히 누어
팔베개 해 줄게요
꽃 같은 당신

(05.27/랑산 최기상)

가실 날을 미리 아신 듯..
랑산 최기상 시인님께서 카페 <짧은인사방>에다
생애 마지막으로 지난 5월 24일~27일까지 하루 1편씩
예전 글 중에서 골라서 직접 올려주신 주먹행시인데
그 이튿날 쓰러지셔서 75일 뒤에 결국 돌아가셨습니다

함박눈

함초롬 젖는 눈빛 사색도 익는 하늘
박질러 내친 고백 영혼의 창을 열고
눈물의 꽃씨 여물어 환생하는 사랑아

최기상 시인 추모 특집호(계간 한행문학 2021 여름호)

[마지막 가시는 길에 국화꽃 한 송이씩 올리신 님들 16명]
2021. 8. 12일 아들 최상진 님에게 전달

고경수 김기수 김만복 김영태 김정한 김화순 박선미 서경봉
오순영 이보희 이월화 장영자 정동희 조숙희 조용희 최복순

한국삼행시동호회 창립20주년

한 우물에서 행시 건지기 어언 20년
국화꽃 피고 지고 또 피우기 스무 성상
삼빡하고 올곧은 매력에 이끌리다 보니
행시인들의 보금자리로 터를 잡았다
시작은 2002년 10월 1일이었지
동호인들 하나 둘씩 모여 들고
호평 받고 자라 온 한국삼행시동호회
회원도 많지 않던 초창기 황무지 일궈
창립 14년차에 한국행시문학으로 명칭 변경
립 서비스가 아닌 똑똑한 행시카페로서
이젠 대한민국 유일 정통 행시 문학회
십 년 강산 두 바퀴 돌면서 가슴 벅차다
주변을 돌아보고 교훈도 새기면서
년년세세 즐기며 더 큰 발전 이루리라

Daum 정통 행시 카페
'한국삼행시동호회'는
2015년 12월에
회원님들 합의 하에
투표로 카페 명칭을
'한국행시문학'으로
변경했습니다

행시를 읽으면서

행시를 우리는 흔히 'line poem'으로 쓰고들 있지만, 원래 영어로 'acrostic'이라는 단어가 사전에도 있는데 '각 행의 첫 글자 또는 마지막 글자를 짜맞추면 하나의 말이 되는 시'라는 뜻이다. 'acrostic'의 어원은 그리스어로 '끝에'라는 말과 '행' 또는 '시'의 합성어인데, 알고 보면 **행시**行詩는 **정형시조**와 함께 오래 전부터 있어왔던 우리 문학의 한 장르였음에도 불구하고, 일제 강점기를 거치면서 한동안 맥이 끊어졌으나, 우리 민족 특유의 글 문화로 자리 잡으면서 젊은이들을 중심으로 많은 국민들이 자연스럽게 행시를 즐기는 모습을 자주 볼 수 있다. 동서양을 막론하고 이런 재치 있는 글을 많이 써왔는데, 특히 **셰익스피어의 소네트**로 알려진 **서양 14행시**는 16~7세기 경에 문인들 사이에 크게 유행했던 적도 있다. 실존 인물인 김삿갓(김병연)도 행시를 즐겼고, 조선시대 과거시험에서도 한시에 운을 넣은 행시 형태로 문장 실력을 테스트 했으며, 조선왕조실록에도 '行詩'의 기록이 실명과 함께 남아있다. 또 한주먹 밖에 안 되는 **3行 17字 단문시**를 즐겼다는 기록과 함께 그 작품들도 발견할 수 있어서, 조선통신사 시절 일본으로 전파되어 지금의 **하이쿠**가 되었다는 학설에 무게가 실리고 있다. '**한국행시문학회**'를 중심으로 우리 문학 고유의 장르인 행시문학을 계승하면서, 20년의 활동과 노력을 통하여 지금은 행시를 즐기는 동호인들이 많아졌고, 행시가 학문의 경지로 올라선 것 같아서 우리들의 기쁨과 보람이 크다.

한행문학 51기로 등단하신 행시인 11명이 실린 한행문학 51호 표지
(계간 한행문학 51호는 같은 날 발간 예정인 기념행시집으로 대체함)

2010년 5월 31일 창간   2022년 9월 24일 발행   통권 51호   등록 관악바-00017호   도서출판 한행문학

새로운 장르 / 국내 유일 行詩 문예지

韓行文學

2022
가을
통권 51

권영준   김두수   김문제   김선이

김영현   방진명   서운례

이재현   전병두   최민숙   최현중

값 10,000원

한 행 문 학

9 772093 528006
ISSN 2093-5285

도서출판 한행문학 발간 행시選집

- 2010.04.03 / 정동희 / 행시야놀자#1 시사행시/ 4*6판 128P
- 2011.03.26 / 이길수 / 위대한 삼행시 / 신국판 200P
- 2011.03.26 / 정동희 / 행시야놀자#2 야한행시/ 4*6판 128P
- 2011.03.26 / 조호숙 / 말하는 꽃 글머리 만지다 / 4*6판 128P
- 2011.05.15 / 김미옥 / 청우의 행시 나들이 / 4*6판 128P
- 2012.06.02 / 최기상 / 꽃신 속의 바다 / 4*6판 128P
- 2012.06.15 / 오순영 / 채워지지 않은 내 모든 것들/ 4*6판 128P
- 2012.11.02 / 정동희 / 행시야놀자#3 고운행시 / 4*6판 128P
- 2013.06.29 / 최기상 / 노을빛 그리움 / 4*6판 128P
- 2013.09.07 / 정동희 / 행시야놀자#4 가나다행시 / 4*6판 128P
- 2014.09.27 / 서경봉 / 꿈꾸는 탱자 / 4*6판 128P
- 2014.11.08 / 정동희 / 행시야놀자#5 주먹행시 / 4*6판 128P
- 2015.03.28 / 정동희 / 행시야놀자#6 천자행시 / 4*6판 128P
- 2015.08.08 / 한성야 / 별과 들 / 4*6판 128P
- 2016.03.26 / 김연성 / 슬픈 하이에나 / 4*6판 128P
- 2016.06.25 / 김정한 / 반쪽의 새 삶 / 신국판 256P
- 2016.12.17 / 정동희 / 행시야놀자#7 영어행시 / 4*6판 128P
- 2017.02.02 / 정동희 / 행시야놀자#8 시조행시 / 4*6판 128P
- 2018.06.23 / 권창순 / 노을이 곱게 물드네 / 4*6판 128P
- 2018.06.23 / 장광순 / 들꽃 향기 머무는 언덕 / 신국판 192P
- 2018.12.21 / 정동희 / 行詩 내 人生(자서전) / 신국판 208P
- 2019.09.28 / 김기수 / 빛으로 시를 디자인하다 / 신국판 256P
- 2019.12.31 / 정동희 / 행시야놀자#9 퍼즐행시 / 4*6판 128P
- 2020.03.15 / 정동희 / 행시야놀자#10 이름행시 / 4*6판 128P
- 2021.04.30 / 정동희 / 행시야놀자#11 영어행시 / 4*6판 128P
- 2021.07.26 / 정동희 /행시야놀자#12 행시 속의 민심/신국판 240P

* 지면 관계로 공동저서는 소개에서 빠졌습니다

Daum 카페 한국삼행시동호회/한국행시문학 창립20주년 기념행시집

한국행시문학 [연회비]를 통해서 기념행시집 발간에 도움 주신 분들

한국행시문학에서 발간하고 있는 국내 유일 행시문예지 - 계간 '한행문학'은 회원님들께서 내 주시는 연회비로 제작됩니다. 금번 기념행시집은 [대한민국 행시인 100인 展]으로 펼쳐져서 참여 인원이 100명에 달하며 책의 두께도 무려 424페이지로써 최고급으로 제작했습니다..특히 표지는 양장(하드커버)지 사철絲綴표지 방식을 사용했습니다(사철은 실로 꿰매는 방식입니다) 따라서 제작비가 생각보다 많이 나와서 최초 공지한 1인당 부담금보다 많이 초과되어 예산을 염출하는데 애를 먹었습니다.

그래서 <u>같은 날짜에 발간하기로 예정된 계간지 '가을호'를 발간하지 않는 대신에 그 비용(분기에 약 100만원)을 기념행시집 제작비로 보태서 큰 힘이 되었습니다.</u> 우리 회원님들께서 평소 내 주시는 연회비가 기념행시집 제작에 많은 도움을 주었기에 감사하는 마음으로 지금 현재 연회비 내시는 분들의 명단을 올립니다.

진심으로 감사 드립니다. (가을호 현재 유효하신 분. 가나다 순)

강경호 강은화 고경수 고영도 고천운 권영준 권창순 김기수
김두수 김만복 김문제 김선이 김영태 김영현 김정애 김정한
김철성 김화순 박선미 박은경 박은숙 박정걸 박준길 반종숙
방진명 배기우 서경봉 송채섭 신철진 안유섭 오순영 왕영선
이경희 이광일 이명례 이보희 이복남 이상옥 이옥련 이재현
이정희 장영자 전병두 정복원 조숙희 조용희 조이안 조호숙
최만조 최명숙 최민숙 최복순 최현중 (이상 53명)

행시인을 위한 [행시 규약]

행시 규약은 다년간 행시를 써오면서 자연스럽게 몸에 익힌 자율적인 노하우를 바탕으로 만든 행시인들의 약속이며 다짐입니다. 행시인들이 이 규약을 항상 숙지하고 잘 지키시면 우리들의 행시 세계가 더욱 아름다워지리라 믿습니다. 참고로 본 규약의 초안은 북하 강경호 시인께서, 검수는 육봉 정동희 시인이 맡아서 공동 작업으로 충실한 토의를 거치면서 완성 했습니다.

한국행시문학회 / 한국삼행시동호회 주관으로
2012년 3월 30일 선포. 2014년 9월 27일 일부 수정

1장. 총칙

본 행시 규약은 행시를 쓰는 사람들을 위한 하나의
지침으로 작성된 것이며, 이 규약에 명시되지 않은
사항은 통상관례에 준한다.

2장. 행시의 정의와 규정

2-1 행시는 운(韻)이 있는 글이다.

2-2 행시의 운은 2자 이상으로 이루어져야 하며,
운 자체가 명료한 뜻을 내포하고 있어야 한다.

2-3 행시 앞에 붙은 숫자는 운의 갯수를 의미한다.
즉, 3행시는 운이 세 개, 4행시는 운이 네 개인
행시를 의미한다.

3장. 행시의 일반 수칙

3-1 행시는 형식의 제약 없이 자유롭게 쓸 수 있다. 즉, 자유시,
정형시, 한시, 영시, 유머, 풍자, 주먹시, 퍼즐 글 등 어떤
형태로든 쓸 수 있다. 단, 정형시조의 운율을 따르고 있는
시조행시의 경우에는, 반드시 3행 단위로 하되 종장의 첫
구는 3글자로 하는 등의 기본 원칙을 지켜야 한다.

3-2 행시는 가급적 맞춤법에 준해서 써야 하며, 방언, 고어, 외
래어, 작가의 창조어도 사용될 수 있다. 다만 작가가 의도
하는 표현 방법상 약간의 변형은 허용될 수 있다.

3-3 행시는 그 특성상 운 하나당 한 줄로 쓰는 것을 권장
한다. 다만 작가의 의도하는 바에 따라 줄 바꿔
쓰기도 가능하다.

3-4 행시의 운 하나당 20자를 넘기지 않는 것을 권장
한다. 다만 사설시조처럼 하나의 운에서 행이 다소
길어지는 것은 허용된다.

3-5 행시의 운자(韻字)가 희귀하다고 해서 운을 변형시키는
것을 금하며, 굳이 문제가 될만한 글자는 운으로 사용하지
않는 것이 좋다. 또한, 바로 윗줄 마지막 단어가 완성되지
않은 채 밑줄로 내려와서 그 다음 자가 운이 되는 경우는
절대적으로 금한다.

3-6 한자어 중 두음법칙이 적용되어 앞 글자가 변형된
단어는, 앞 글자의 원음을 살려 운으로 사용하는 것
을 부분적으로 허용한다.
녹색↔록색, 영혼↔령혼, 여자↔녀자 등.

3-7 운은 행시 각 줄의 첫 번째 오는 것이 원칙이나,
형태적으로 타당한 이유가 있는 경우 글 중간이나
맨 끝에 두는 것도 무방하다.

3-8 글의 제목(詩題)은 반드시 붙이도록 습관을 들여야 하며, 제목이 따로 없다면 운을 그 글의 시제로 간주한다. 주먹 행시의 경우에는 제목 좌우에 - (붙임표) 표시를 하여 본문과 구별한다.

4장. 행시인

4-1 행시인은 등단 여부와 상관 없이 행시를 쓰는 사람을 총칭한다.

4-2 행시인은 행시의 내용이나 형식에 있어 누구의 간섭 도 받지 않는다. 다만 공개적으로 발표하는 경우에 는 일반적인 정서에 합당해야 한다.

4-3 행시인은 자작 행시에 대한 통념상의 저작권이 있고, 아울러 자작 행시에 대한 도덕적, 법률적 문제가 일어날 경우 책임을 질 의무가 있다.

4-4 행시인은 타인의 행시를 도용하는 행위를 하지 말아야 한 다. 본인이 소개하는 작품 중에서, 자작 행시가 아닌 글에는 반드시 원저자 표시를 해야 하며, 저자를 모를 경우에는 '퍼온 글'이라고 명시해야 한다.

4-5 행시는 엄연히 문학의 한 장르로 인정 받고 있으며, 더 큰 발전과 타 장르와의 관계 정립을 위해서, 행시인은 의미가 빈약한 장난 수준의 행시에 머무르지 않고, 문학적 소양을 담은 격조 있는 행시 창작에도 노력을 기울여야 한다.

4-6 행시로 등단한 시인은 글이나 언행에서 시인으로서의 품위를 지켜야 하며, 더 좋은 작품을 위하여 늘 매진 하여야 한다.

D⫶m 카페 **한국행시문학** 창립20주년 기념행시집

[대한민국 행시인 100인展]

2022년 10월 1일 발행

저　　자　대한민국 행시인 100인 공저(대표저자 오순영)
카페지기 / 초대 : 六峰 정동희 시인 / 2002.10.1 ~ 2018.6.28
카페지기 / 2대 : 曙璘 오순영 시인 / 2018.6.29 ~ 현재임무수행

편　　집　정 동 희
발　　행　도서출판 한행문학
등　　록　관악바 00017 (2010.5.25)
주　　소　서울시 중구 을지로 18길 12
전　　화　02-730-7673 / **010-6309-2050**
팩　　스　02-730-7675
카　　페　한국행시문학 http://cafe.daum.net/3LinePoem

정　　가　**25,000원**
I S B N　978-89-97952-47-2-03810

공급처 / 가나북스 www.gnbooks.co.kr
전　　화 / 031-959-8833(代)